聖剣学院の魔剣使い
Demon's Sword Master of Excalibur School
[8]

「はあっ、はあっ、はあっ……ま、まだまだっ！」
Character
リーセリア
レオニスの眷属にして
保護者。過保護気味。

Character
レギーナ
リーセリア付きのメイド。甘やかし上手。
Character
レオニス(?)
リーセリアを鍛える鬼教官。その正体は……？

「偉大なドラゴン種族は細かいことを気にしないのよ！」
Character
ヴェイラ
1000年の時を経て復活した誇り高き竜王。

Character
リヴァイズ
八魔王の一人
である〈海王〉。
「少しは気にしたほうが
いいと思うがな」
Character
レオニス
転生して10歳の
少年になってし
まった最強魔王。

「——不愉快な蟲。視界から速やかに消えなさい」

Contents

Demon's Sword Master of Excalibur School

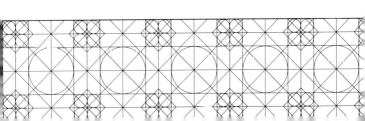

聖剣学院の魔剣使い８

志瑞祐

MF文庫J

Character

Demon's Sword Master of Excalibur School

リーセリア

レオニスの眷属であると同時に保護者となった少女。

レオニス

1000年の時を経てなぜか10歳児に転生した最強魔王。

レギーナ

リーセリア付きのメイド。ある秘密を抱える。

咲耶

ヴォイドに滅ぼされた〈桜蘭〉の少女。剣の達人。

エルフィーネ

レオニス達の小隊のまとめ役。フィレット社の令嬢。

シャーリ

暗殺メイド。レオニスの闇の眷属の一員。お菓子好き。

ブラッカス

闇の眷属の一人にして〈影の王国〉の王子。モフモフ。

ヴェイラ

永久凍土で発掘された〈竜王〉。レオニスと同格の〈魔王〉の一人。

口絵・本文イラスト：遠坂あさぎ

第一章　クリスタリア公爵

Demon's Sword Master of Excalibur School

荒れ狂う大海に影を落とす、巨大な〈天空城《アズール・フォート》〉。

〈竜王〉の居城であった、その城を頭上に従えて、男は虚空《こくう》にたたずんでいた。

軍服に身を包んだ、白髪の偉丈夫だ。

鷹《たか》のように鋭い蒼氷《アイスブルー》の眼《め》が、真下を——

〈大海獣《リヴァイアサン》〉の巨躯《きょく》の上に立つ、レオニスとヴェイラを見下ろしている。

(……っ、なぜ、あの男がここにいる!?)

レオニスは慄然として唸《うな》った。

その男の姿には、たしかに見覚えがあった。

廃都——〈第〇三戦術都市《サード・アサルト・ガーデン》〉の彼の館で、写真を見たことがある。

——エドワルド・レイ・クリスタリア公爵。

〈ヴォイド〉と戦い、戦死したはずの、リーセリアの父親だ。

(彼女の父は死んだはずではないのか？　いや、そもそも、なぜここにいる？)

脳裏に浮かぶ疑問符。だが、答えなど出ようはずもない。

「よくもまた、あたしの前に姿を現したわね。その勇気だけは褒めてあげるわ」

と、レオニスに並び立つ、真紅のドラゴンが声を発した。

ほとばしる憤怒《ふんぬ》の咆哮《ほうこう》に大気が激しく震える。

しかし、空中にたたずむその男は──

叩《たた》き付《つ》けられる〈魔王〉の怒気を、意に介した様子もない。

(奴《やつ》が、ヴェイラに精神支配をかけたのか──)

たとえヴェイラに油断があったにせよ、〈魔王〉を精神支配するなど、ただの人間にできる業ではない。

(……なんだ? クリスタリア公爵とは、一体……)

警戒しつつ、遙《はる》か頭上にたたずむ男を、じっと観察する。

──と。

「ヴェイラ・ドラゴン・ロード──戻ってくるとは、好都合だ」

クリスタリア公爵の姿をしたその男は、眼下のヴェイラを冷たく見下ろした。

そして、巨大な赤竜の眉間にすっと指先を向ける。

「聖剣〈運命の輪《ホイール・オヴ・フォーチュン》〉──アクティベート」

男の指先に光が収束し──

「──ヴェイラ!」

咄嗟《とっさ》に、レオニスは警告の声を発した。

「また同じ手品？　この〈竜王〉が、侮られたものねっ！」

ヴェイラの口腔《こうこう》に白熱化した焔《ほのお》が生まれ、刃《やいば》の如《ごと》き熱閃《ねっせん》となって放たれた。

ズオオオオオオオオオオオッ――――！

大気が震えた。

閃光《せんこう》が、男の姿を一瞬で呑《の》み込《こ》み、背後の〈天空城《アズール・フォート》〉の城壁を蒸発させる。

「あら、消し炭になった？」

「ば、馬鹿っ、少しは加減しろ！　奴にはいろいろ聞かねばならんことが――」

レオニスがヴェイラに向かって怒鳴った、その時。

ピシッ――

「……っ!?」

微《かす》かに、ガラスの軋《きし》むような音がした。

「――侮られたものだな、〈竜王〉よ」

目の前の空間に突如、亀裂が走り、無傷の男が姿を現す。

まったくの平然とした表情で。軍服には、焦げ痕ひとつついていない。

「重力系統、第八階梯《かいてい》魔術――〈極点重力界《ヴィラ・ツアルガ》〉」

不意に、男が呪文を唱えた。

（――魔術だと!?）

レオニスは自身の影をタワー・シールドに変え、身を守る。

ズンッ、ズズズズズズズズンッ！

巨大な星のような重力塊が、ヴェイラに直撃した。

（……っ、重力系統の第八階梯《かいてい》魔術――）

影の盾で身を守りつつ、レオニスは冷静に思考する。

レオニスの調べた限り、古代の強大な魔術は、すでに失われているはずだ。

否、一〇〇〇年前でさえ、人間の器で唱えることのできる魔術は、せいぜい、第五階梯の魔術が限界のはずだった。

――クリスタリア公爵。あの男がなぜ、最高峰の魔術を扱えるのか。

グオオオオオオオオッ！

ドラゴンが凶暴な咆哮《ほうこう》を上げた。

ヴェイラを押し包んでいた重力場は、あっさりと掻《か》き消《き》える。

もとより、対魔術効果のある鱗《うろこ》を持つ〈竜王〉に対しては、第八階梯の大魔術でさえ、足止めほどの効果もないだろう。

怒りに燃えたヴェイラが、金色の瞳を爛々《らんらん》と輝かせ、顎門《あぎと》を開く。

「その首を喰《く》いちぎってやるわ！」

「待て、ヴェイラ。俺にも奴《やつ》と話させろ」

レオニスは声を上げると、軍服の男に向き直った。

「人間の姿をとりながら、滅びた時代の魔術を使う。貴様は一体、何者だ？」

――と。鷹《たか》のような蒼氷《アイスブルー》の眼《め》が、今初めて気付いたかのようにレオニスを見据《みす》えた。

「その制服、〈聖剣士〉のものだな。〈第〇七戦術都市《セヴンス・アサルト・ガーデン》〉か――」

まるで独り言のように呟《つぶや》く。

「〈竜王〉の配下か？　子供のなりをしているのは、油断を誘うため、か？」

「……」

沈黙で返す。この男は、まだレオニスの正体に気付いてはいないようだ。

（……わざわざ、こちらの情報をくれてやる必要はあるまい）

しかし、〈第〇七戦術都市〉のことを知っている。

やはり、この時代の人間――リーセリアの父親、なのか？

「俺はお前を知っているぞ、エドワルド・クリスタリア公爵」

まどろっこしいのは、〈不死者の魔王〉の流儀ではない。

いきなり核心を口にして、揺さぶりをかける。

これにどんな反応をするにせよ、なにか情報は読み取れるはずだ。

男の表情はさほど変わらない。だが、鷹のようなその眼は更に鋭くなった。

「私を知っているか。だが、それは不思議なことではないな。都市外の棄民《きみん》ならばともかく、この顔を知らぬ者はそうはいまい」

「ああ、そうだろうな。お前は人類の英雄として扱われていた」

と、レオニスは頷《うなず》いて、

「だが、お前が生きている、ということは、あまり知られていないんじゃないか？」

六年前。クリスタリア公爵は〈ヴォイド〉と戦い、戦死した。

リーセリアの話によれば、救出部隊は公爵の死体を発見できなかったという。

無論、〈大狂騒《スタンピード》〉の中で、死体が残ることはごく稀《まれ》ではあるのだろうが。

しかし、レオニスにとって不可解な疑問が、ひとつだけあった。

あの廃都で、レオニスがクリスタリア騎士団の亡霊を集結させた時。

クリスタリア公爵の亡霊は、発見できなかったのだ。

偉大な戦士の魂であれば、レオニスが見逃すはずがないのだが。

目の前のこの男は、はたして、クリスタリア公爵本人なのか、それとも——

「ああ、たしかに。私は死んだことになっているのだったな」

リーセリアの父親の姿をしたその男は、淡々と答えた。

「お前は、一体何者だ？　本物のクリスタリア公爵なのか？」

レオニスが訊《たず》ねる。

「答えのない質問だ。私は彼だが、同時に彼は私でもある」

「戯《ざ》れ言《ごと》を――」

レオニスは苛立《いらだ》たしげに吐き捨てた。

「答えぬのならば、力尽くで聞き出すまでだ」

「ちょっと、こいつはあたしの獲物よ！」

と、ヴェイラが口を挟むが――

「そうか、生憎《あいにく》、私もお前に聞きたいことがある」

男が指先をレオニスに向けた。

「支配せよ、〈運命の輪《ホイール・オヴ・フォーチュン》〉――」

指輪の〈聖剣〉が、ふたたび眩《まばゆ》い光を放つ。

と、その刹那。

ザシュンッ――！

〈聖剣〉を顕現させたクリスタリア公爵の腕が、宙を舞った。

透明な水の刃《やいば》が、彼の腕を斬り飛ばしたのだ。

「――っ！」

クリスタリア公爵が背後を振り向く。

波打つ大海原《おおうなばら》の上に、冷徹な眼《め》をした、美しい少女が佇《たたず》んでいた。

水の羽衣を身に纏《まと》う、紫水晶《アメジスト》の髪の少女。

「リヴァイズ・ディープ・シー……」

片腕を失った男が、わずかに眼《め》を見開く。

「〈運命の輪《ホイール・オヴ・フォーチュン》〉の紡ぐ運命を、脱したか――」

「我を支配しようとは、傲岸不遜の極み、死を以《もっ》て償え」

無表情。口調こそ静かだが、その眼には激しい怒りが宿っている。

リヴァイズがすっと手を伸ばし、宣告した。

ゴオオオオオオオオオオオオッ！

海面に巨大な水の竜巻が生まれ、無数の水刃を撃ち放つ――！

ヴェイラが竜語魔術〈竜光魔鎧《グリヤシルグ》〉を唱え、自身の周囲に結界を展開した。

巻き添えになってはたまらない。レオニスは彼女の結界の中に飛び込み、身を伏せる。

クリスタリア公爵は、乱れ舞う水刃を、平然と躱《かわ》していたが――

天まで伸びた巨大な水の竜巻が、頭上に浮かぶ〈天空城《アズール・フォート》〉の一部を破壊したのを見て、わずかに眉をひそめた。

「――〈魔王〉二人を敵に回すのは、さすがに分が悪いな」

失った右手を見て、嘆息するように呟《つぶや》く。

そして――

「――まあいい。望むものはすでに手に入った」

ピシッ――ピシピシピシピシッ――！

〈天空城〉を中心に、あたりの空間に巨大な亀裂が走る。

（……なんだと!?）

身を伏せたまま、レオニスは胸中で叫んだ。

空間の裂け目。あれは、〈ヴォイド〉が出現する前兆だ。

「――〈天空城〉が！　どういうこと!?」

「竜の〈魔王〉よ。お前は、あの遺跡のことを何も知るまい」

「……なんですって!?」

「あの遺跡こそ、人類の都市の原型《オリジナル》。星に至る〈門〉――」

ピシッ――ピシピシッ、ピシピシピシッ――

虚空《こくう》の裂け目は〈天空城〉を中心に、あたりの空間を呑《の》み込《こ》みはじめる。

海に浮かぶ〈大海獣《リヴァイアサン》〉の巨体もまた、裂け目の中に消えてゆく。

「――〈魔王〉よ。お前達《たち》は、我が〈女神〉の紡ぐ運命からは、逃れられぬ」

そして、クリスタリア公爵の姿をしたその男も、虚空の裂け目に呑まれて消える。

「……っ、女神……女神、だと!?」

聞《き》き咎《とが》めて、レオニスは叫んだ。

――と、不意に。レオニスの脳裏に、閃《ひらめ》いたことがあった。

〈叛逆《はんぎやく》の女神〉——ロゼリア・イシュタリス。

彼女のことを唯一、我が女神と呼ぶ存在に、心当たりがあったのだ。

「……っ、まさか、貴様は——！」

八人の〈魔王〉の中で唯一、自身の肉体を持たず、器に憑依《ひょうい》する存在。

次元の壁を越え、異世界の〈門〉を自在に開けることのできる〈魔王〉。

「異界の魔神——〈アズラ＝イル〉！」

その名を叫んだ、瞬間。

リイイイイイイイイイイイイインッ！

ガラスの割れるような音と共に——

世界が——砕け散った。

第二章　影武者シャーリ

Demon's Sword Master of Excalibur School

濃い霧のけぶる湖に、一艘《いっそう》のボートが浮かんでいる。ボートに乗っているのは、白いワンピース姿のリーセリアと、聖剣学院の制服を着たレオニスだ。

森に囲まれた閑《しず》かな湖畔に、鳥の鳴き声が響く。

「あ、あの……レオ、君……」

リーセリアは頰《ほお》を赤くして、真向かいに座るレオニスを上目遣いに見つめた。

「なんですか、セリアさん？」

オールを手にしたまま、レオニスは答える。

「えっと、その……ご、ご褒美が、欲しいの」

躊躇《ためら》いがちに、ねだる言葉を口にすると、レオニスは意地悪に微笑《ほほえ》んだ。

「セリアさんは、はしたないですね。貴族のご令嬢なのに」

「あ……う……」

指摘され、ますます頰を赤くするリーセリア。

レオニスはすっと手を伸ばし、彼女の白銀の髪を弄ぶように指に絡める。

「そんなに欲しいんですか？」

「……う、うん……」

普段とは少し違う、彼の意地悪な態度に、なぜか胸がドキドキしてしまう。

同時に、彼女はなにか漠然とした違和感を覚えていた。

(レオ君って、こんな口調だったかしら?)

それに、背も伸びている気がする。座っているからわかりにくいけれど、リーセリアと同じくらいの背丈のように見える。

(成長期だから?)

レオニスのひと差し指が、彼女の柔らかい唇にそっと触れる。

「レオ、君……」

熱く潤んだ瞳で、指先を舐《な》めようとすると、

「だめですよ。まだ、お預けです」

「え……」

「ちゃんと、お願いしてください」

「レオ君、お願い……意地悪しないで……」

唇の触れた指先を舐める。

「──ふふっ、しょうがないですね。いいですよ」

「んっ……レオ……君……」

かぷっ。リーセリアは指先を噛《か》んだ。

甘い疼痛《とうつう》に、レオニスはわずかに顔をしかめる。

「……んっ……ふぇおくん……ちゅっ♪」

「ちょ、ちょっと……セリアさん？」

指先だけじゃ満足できない。夢中になったリーセリアは、揺れるボートの上でレオニスを押し倒し、そのまま、首筋に犬歯を突き立てる。

「ふふっ、逃がさないわよ、レオ君♪」

「セリアさん、なんか、いつもと様子が違いますよ、セリアさんってば――」

レオニスがジタバタと暴れ、ボートがひっくり返った。

……ゴンッ！

「い、痛あっ！」

鈍い痛打音が響く。リーセリアは両手で頭を抱え、苦悶《くもん》の声を漏らした。

「も、もう、なにするのレオ君……あれ？」

寝間着姿のリーセリアはぼーっとした眼《め》を、こしこしと擦《こす》った。

カーテンの隙間から射《さ》し込《こ》む朝の陽光が、彼女の白銀の髪を眩《まばゆ》く輝かせる。

蒼氷《アイスブルー》の瞳は、まだ半分瞼《まぶた》を閉ざしていて、とろんとしている。

彼女の膝の上には、枕があった。

そこらじゅうに噛み痕があり、中の羽毛が飛び出してしまっている。

半身を起こして、あたりを見回した。

そこは、森の中の湖ではなかった。ボートもない。

ホテルの部屋の床。隣には、シーツの乱れたベッドがある。

「……まったく。どんな夢をみているのですか」

と、頭上で呆《あき》れたような声が聞こえた。

「……っ!?」

あわてて見上げると――

リーセリアを冷たく見下ろす、レオニスの姿がそこにあった。

「――あ、レオ君、おはよう」

「やれやれ。まだ、寝ぼけているようですね」

ふにに、とレオニスが頬《ほお》をつねると、リーセリアの頭はようやく覚醒した。

「……～っ、まだ朝の四時じゃない！」

乱れてしわになった寝間着を脱ぎつつ、リーセリアはレオニスに抗議した。

「早朝特訓です。早く訓練着に着替えてください」

「特訓!?」

「私は魔王様……主《あるじ》様より、あなたを強くするよう、仰せつかっていますので」

そのレオニスは慇懃《いんぎん》に頭を下げた。

そう、目の前にいるレオニスは、本物のレオニスではない。

彼の眷属《けんぞく》が身をやつした、影武者なのだ。

レオニスが影武者を使って、学院の講義をサボるのはよくあることで、そんなときは大抵、スケルトンの兵士が身代わりになっているのだが。

……このレオニスは、どうも、スケルトンとは違うようだ。

「いくらなんでも、朝四時は早すぎるわ」

「私は魔お──主《あるじ》様とは違って、あなたを甘やかすつもりはありません。だいたい、あの御方《おかた》はあなたを甘やかしすぎなのです。フレンチシュガードーナツより甘いです」

「ドーナツ?」

「早く着替えてください」

「……はーい」

妙に厳しいレオニスの影武者に、リーセリアはしかたなく従うのだった。

◆

降下するエレベーターの窓からは、朝の〈帝都〉の景色が一望できた。

〈シャングリラ・リゾート〉のカジノは、昨晩の賑《にぎ》わいが嘘《うそ》のように閑散としている。
リーセリアは窓ガラスに手を添え、はるか海の彼方《かなた》に視線を向けた。
（レオ君……）
彼は――本物のレオニスは、昨日の夜、ここを発《た》った。
彼が戦友だと呼ぶ、あの燃えるような髪の美しい少女を救うために。
……なるべく早く帰ってきます、とは約束してくれたけれど。
もしかすると、〈聖剣剣舞祭〉には間に合わないかもしれない、とも言っていた。
（……大丈夫、よね。レオ君）
〈聖剣剣舞祭〉に間に合わなくてもいい。
ただ、無事で帰って来てくれるかどうか、それだけが不安だった。
けれど、彼の背中を押したのは、リーセリアだ。
――もちろん、心配だったけれど。
あの時は、そうしたほうがいいと思ったのだ。
蒼氷《アイスブルー》の眼《め》をそっと伏せ、唇をきゅっと噛《か》みしめた。
ホテルのロビーを出ると、〈シャングリラ・リゾート〉の自然公園に向かって歩く。
リーセリアは、前を歩くレオニスの影武者の背中をじっと見つめた。
「……なんですか？」

突然、彼が振り向いたので、リーセリアは少し驚いた。

「僕の背中、見てましたよね？」

「あ、う、うん……」

あわてて頷《うなず》くリーセリア。背中に眼《め》があるのだろうか。

「みんなといるときはレオ君って呼ぶけど、二人のときは、あなたのこと、なんて呼べばいいのかなって。レオ君、でいいのかな。それとも、本当の名前があるの？」

するとレオニスの影武者はちょっと考える仕草をして、

「あの御方《おかた》の名前を、そんな風に軽々しく呼ぶのは正直不敬であると思いますが、まあ、まお──主様《あるじ》が許しておられるので、許可しましょう」

「わかったわ。よろしくね、レオ君♪」

レオニスは不機嫌そうに眉をひそめた。

「それはそれとして、あなたの本当の名前はなんて言うの？」

「なぜそんなことを聞くんです。私の名前なんて、どうでもいいでしょう」

「どうでもよくないわ」

リーセリアは食い下がった。

「レオ君の呼び出す、骨の戦士……とは違うのよね？」

「……私はスケルトン兵ではありません」

憮然《ぶぜん》として答えるレオニス。

「そう、よかった。これ以上増えたら、見分けがつかなくなってしまうもの」

レオニスが普段、リーセリアの訓練のために召喚するスケルトン兵は、骨がバラバラに組み上がるので、誰が誰なのか混乱してしまうのだ。

と、レオニスが足を止《と》め、怪訝《けげん》そうに眉をひそめた。

「あなたは、スケルトン兵の見分けがつくのですか？」

「ええ、たまに自信のないときもあるけど……」

リーセリアはひと差し指をぴんと立て、

「一番強いのが、アミラスさん、ドルオーグさん、ネフィスガルさん。色が少し黄色いのが、射手のゾルアさん、大きなひびが入ってるのが、死神剣士のフェイデンさん、片手がねじれてるのがグレイファウザーさんで、頭蓋骨がへこんでるのが暗黒僧侶のメリドアさん、あと、女の人のスケルトンが――」

「ま、待って下さい！」

レオニスが驚きの声を発した。

「本当に、スケルトン兵の名前と特徴を全部覚えているんですか？」

「もちろん。みんな私の師匠だもの」

「……」

当然、とばかりに頷《うなず》くリーセリアに、レオニスは絶句する。

「あなたの名前を覚えるから、教えて」

「……お、教えません」

「ええっ、いま、教える流れだったのに!?」

「もし、私があなたを認める日が来たら、教えてあげましょう」

そんな日は来ませんけどね、と小声で呟《つぶや》いて、ふいっと眼《め》を逸《そ》らすシャーリだった。

そして、自然公園の入り口に来ると、

「公園の外周を五周です」

「え、それでいいの？」

リーセリアは思わず、拍子抜けした。

自然公園の外周は、全長二キロルはあるだろう。

それでも、たいした距離ではない。〈聖剣学院〉の基礎訓練はもっと過酷だし、リーセリアの肉体は、〈不死者《アンデッド》〉のものなのだ。

「ただし、これを装着してください――」

レオニスがパチリ、と指を鳴らすと、リーセリアの足元の影が蠢《うごめ》いた。

「……っ、な、なに!?」

影はリーセリアの身体《からだ》を這《は》い回《まわ》り、両足と両手首を縛り付ける。

「お、重い……」

「あなた自身の影で、枷《かせ》を嵌《は》めました」

「……枷？」

足元に眼をやれば、自分の影が少しだけ、小さくなっている。

やがて、手足を縛る影の枷は、すうっと肌に溶け込むように見えなくなった。

「〈聖剣剣舞祭〉の当日まで、影の枷を嵌めたまま過ごしていただきます」

「ええっ!?　だ、だって、これじゃ、走るのもままならないわ」

「〈吸血鬼〉の魔力をうまく扱えるようになれば、いずれ慣れるでしょう」

「慣れる……って、寝るときとか、お風呂のときは？」

「もちろん、そのまま生活していただきます」

「そんな……」

「リーセリア・クリスタリア。私は魔お——主様《あるじ》の代理として、あなたを鍛えるように申しつけられました。私はその命を忠実にこなすだけです」

レオニスの手に影の鞭《むち》が出現した。

「……鞭!?」

「さあ、早く走って下さい」

ピシィッ！

「は、はいっ！」

地面を叩《たた》く鞭《むち》の音に、リーセリアは駆け出した。

◆

ぶんっ、ぶんっ、と音を置き去りにして、木刀が振り下ろされる。

咲耶《さくや》はホテルの下の公園で、日課の素振りをしていた。

〈フレースヴェルグ寮〉の裏手の森では、〈雷切丸《らいきりまる》〉を顕現させて日課をこなしていたが、〈聖剣学院〉の敷地外での〈聖剣〉の使用は、原則禁止されている。

普段の咲耶であれば、そんな規則などまるで気にしないのだが、このホテルの部屋を借りたのはエルフィーネなので、問題を起こすわけにはいかない。

(……先輩の顔は立てないと、ね)

ぶんっと木刀を振り下ろし、ピタリと止《と》める。

眼帯に覆われていない、透き通った青い瞳。

見据《みす》えた視線の先にイメージするのは、自分と同じ顔の少女――

(――刹羅《せつら》、姉さま)

九年前、〈桜蘭《おうらん》〉が滅びた時に、死んだと思われていた。

けれど、彼女は生きていた。

甦《よみがえ》ったのだ。

そして、咲耶を――たった一人の妹を、殺そうとした。

（……偽物《にせもの》なんかじゃない。あれは間違いなく、姉さまだった）

彼女の怜悧《れいり》な瞳が、今も脳裏に焼き付いて離れない。

〈第〇七戦術都市《セヴンス・アサルト・ガーデン》〉の〈魔力炉〉に封印されていた守護神を解放し、故国〈桜蘭〉の宿敵たる〈ヴォイド・ロード〉を招来した。

なぜ、彼女は甦ったのか。そして、何をしようとしているのか――？

咲耶は、手にした木刀の切っ先に、再び意識を集中した。

見据えているのは、目前の〈聖剣剣舞祭〉などではない。

姉とは、また刃《やいば》を交えることになるだろう。

（――勝てない、今はまだ）

じっとりと、首筋を冷や汗が伝う。先に斬られるイメージしか浮かばない。

ずきり、と眼帯に覆われた左目が疼《うず》く。

〈魔王〉を名乗る者に与えられた、時を視《み》る〈魔眼〉。

この眼帯はまだ外せない。外せば、〈魔眼〉の力は咲耶自身を蝕《むしば》むだろう。

（この〈眼《め》〉を使いこなせなければ、姉さまには勝てない……）

咲耶《さくや》は、全身の力を一気に抜くと、木刀を公園の木に立てかけた。

――と、その時。背後で植え込みの動く気配がした。

「……？」

振り向くと、茂みからのっそりと、大きな黒い犬が現れた。

「やあ、モフモフ丸、モフモフ丸じゃないか。君も〈帝都〉に来てたんだね」

先ほどまでの怜悧《れいり》な表情とは一転して、笑顔になると、黒犬に抱きついた。

黒鉄《くろがね》モフモフ丸と会うのは、ひさしぶりだったのだ。

「モフモフ丸、お菓子を食べるかい？」

少し迷ってから、ぐるる、唸《うな》るように返事をするモフモフ丸。

咲耶が服の袖から取り出したあられ煎餅をボリボリかじる。

そんなモフモフ丸の頭を、咲耶は目を細めてわしゃわしゃ撫《な》でた。

「ふふっ、モフモフ丸はあいかわらずモフモフしているなぁ」

「うぉん……」

「ここが気持ちいいのかい？　黒鉄丸と同じだね」

黒鉄丸は、王家の姫巫女《みこ》を護衛するために育てられた戦闘犬だ。咲耶と刹羅《せつら》は、子供の頃から黒鉄丸を可愛《かわい》がっていたが、九年前のあの日に死んでしまった。

そんな愛犬の面影を思い出しながら、わしゃわしゃ撫でさすっていると、

「ん、あれは、先輩……？」

訓練着姿のリーセリアが、公園の外周を必死に走っている姿が見えた。

「早朝訓練か、感心だね」

◆

「……セ、セリアお嬢様、どうしたんです？」

ホテルに戻って来たリーセリアを見て、レギーナは思わず、翡翠《ひすい》色の眼《め》を見開いた。

見た目は深窓の令嬢のようなリーセリアだが、ハードな自主トレーニングの成果もあって、学院生の中でも、基礎体力はかなりあるほうだ。

……そんな彼女が、バテていた。

ミーティング・ルームに戻るなり、テーブルの上にぱたんと突っ伏したのだ。仮にも公爵令嬢であるリーセリアが、そのようなはしたない振る舞いをするのは大層珍しい。

「だ、大丈夫です？　とにかく水をどうぞ」

レギーナはコップの水を差しだし、気遣わしげに主人の背中をさする。

「え、ええ、大丈夫よ。ちょっと、早朝のトレーニングで、疲れ……ちゃって……」

「トレーニングって、こんな朝早くからですか？」

怪訝《けげん》そうに眉をひそめるレギーナ。

「だって、これから訓練をするんですよ」

「……うん。けど、レオ君が——」

「おはようございます、レギーナさん」

と、ちょうど、レオニスがミーティング・ルームに入ってきた。

「あ、少年、おはようございます♪」

レギーナは挨拶をかえし、身をかがめてこっそり耳打ちする。

「少年、セリアお嬢様の様子がおかしいんですが、なにかあったんです?」

「……え、えっと、少し、訓練が厳しかったようですね」

レオニスは気まずそうに、目を逸《そ》らした。

しばらくして、エルフィーネと咲耶《さくや》も戻ってきたので、朝のミーティングが始まった。

ミーティングは、食事をとりながらするのが第十八小隊の流儀だ。

初日こそレストランのバイキングを利用したが、今朝はレギーナが、共有ルームの簡易キッチンで、市街地で買ってきた食材を調理した。

トマトのスライスに、玉葱《たまねぎ》、大きめのハム、とろけるチーズたっぷりをのせ、オーブンで焦げ目がつくまで焼いた特製のピザ。

野菜と白身魚のスープ。焼き胡桃《くるみ》入りのサラダ、ヨーグルトにかけるスモモのジャムは、レギーナが〈フレースヴェルグ寮〉から持ってきた自家製の一品だ。

「……はふ……レギーナさん、もう一枚食べてもいいですか」

レオニスは目をキラキラ輝かせ、熱々のピザを口いっぱいに頰張《ほおば》っていた。

「いっぱい食べてくださいっ♪　それにしても、今日の少年はたくさん食べますね」

「……そ、そうですか？」

「そろそろ、成長期なのかもしれないわね」

エルフィーネがふふ、とレオニスに微笑《ほほえ》みかける。

「はい、コーヒーもどうぞ」

「ありがとうございます」

レオニスはマグカップを受け取ると、ずずず、とコーヒーをすすり、

「……っ！　けほけほっ、けほっ！」

思いっきりむせた。

「……に、苦いです！」

「少年、いつもお砂糖をたっぷり入れて飲むじゃないですか」

「え？　あ、そ、そうでした……」

誤魔化《ごまか》すように頷《うなず》いて、口直しにヨーグルトを食べるレオニス。

（やっぱり、ずっとなりかわるのは無理があるんじゃ……）

そんな彼の様子を、リーセリアは、ちょっとはらはらした様子で見守るのだった。

ある程度落ち着いたところで、軽いミーティングがはじまった。

「――今年の〈聖剣剣舞祭〉の試合会場は、建造中の〈第〇八戦術都市《エイス・アサルト・ガーデン》〉ね」

と、エルフィーネが端末の画面を表示する。

第〇八戦術都市〈ネビュラス〉は、〈帝都〉で建造中の新造都市だ。

現在の着工率は七十八%。第Ⅶ新工業エリアのフロートに連結されており、完成の暁には、〈第〇七戦術都市《セヴンス・アサルト・ガーデン》〉を中心とした戦術都市打撃群《ストライク・グループ》に編成され、大規模な〈ヴォイド〉討滅作戦に従事することが計画されている。

「〈聖剣剣舞祭〉の会場に選ばれたのは、移住する市民へのデモンストレーションを兼ねているのかもしれないわね」

エルフィーネは続けてとんとん、と端末をタップする。

「上級生のカリキュラムにある、都市戦闘訓練《アーバン・コンバット》に近いものになりそうですね」

と、リーセリアが言った。

〈聖剣学院〉の都市戦闘訓練は、〈第〇七戦術都市〉にある、実際の市街地を使って行われる。第十八小隊では、上級生のエルフィーネだけが、この訓練を受講していた。

もっとも、彼女たちは先の〈大狂騒《スタンピード》〉で、すでに実戦をくぐり抜けているのだが。

「そうね。ルールも都市戦闘訓練の小隊対抗戦《チームバトル》に準じたものよ」

エルフィーネは頷《うなず》いて、

「最大の得点源は、各拠点に配置された〈コア・フラッグ〉の奪取。もちろん、通常の対抗試合と同じように、対戦相手の〈聖剣〉を破壊して戦闘不能にしても得点になるわ」

「初期配置は？」

と、咲耶《さくや》が訊《たず》ねた。

「今回は陣地を守るタイプじゃないの。各部隊が〈第〇八戦術都市〉の様々なエリアに無作為に配置されて、情報を集めながら複数の〈コア・フラッグ〉を奪取する形式よ。初期配置でほかの部隊がどこにいるかはわからないわ」

「わたしたちの部隊は、先輩の〈聖剣〉があるから、情報面で圧倒的に有利ですね」

「そうね。けれど、どの部隊にも探査系の〈聖剣〉使いがいるものよ」

エルフィーネは、各部隊の代表選手の情報を端末に表示した。

人類が〈聖剣〉の使い手を養成する機関は、全部で六校存在する。

〈帝都〉の〈エリュシオン学院〉、〈第〇五戦術都市《フィフス・アサルト・ガーデン》〉の〈対虚獣戦闘研究学校〉、〈第〇四《フォース・ア》戦術都市《サルト・ガーデン》〉の〈アカデミー〉、〈第〇二戦術都市《セカンド・アサルト・ガーデン》〉の〈教導軍学校〉、〈人類教会〉の〈聖エルミナス修道院〉。

——そして、〈第〇七戦術都市〉の〈聖剣学院〉である。

エルフィーネのデータには各校の選手のデータが全て入っているが、それはあくまで、公開されているデータだ。

当然ながら、実際に試合をしてみなければ、本当の実力はわからない。

たとえば、最近〈聖剣〉の力に目覚めたリーセリアや、レオニスのデータなどは、ほかの部隊も把握しきれていないだろう。おそらく、現時点で最も警戒されているのは、初等生にして大型〈ヴォイド〉の討滅記録を持つ咲耶《さくや》に違いない。

「シャトレス様は、やはり圧倒的ですね」

端末に目を落としつつ、リーセリアがぽつりと呟《つぶや》く。

〈エリュシオン学院〉代表選手、シャトレス・レイ・オルティリーゼ。

第三王女にして、学生の中では最強と呼ばれる〈聖剣〉使い。

個人の能力だけでなく、指揮能力も高く、統率する部隊の信頼も篤《あつ》い。

けれど――

「負ける気はないわ。頑張りましょう！」

リーセリアの言葉に、全員がこくっと頷《うなず》くのだった。

◆

巨大な〈帝都〉の心臓部――〈セントラル・ガーデン〉。

その中心に位置するのが、〈人類統合帝国〉の象徴たる王宮だ。

旧王国時代の石造りの城砦《じょうさい》をブロック状に分割し、そのまま移設したため、まるでここだけが、魔導技術発展前の景色を切り取ったかのようだ。

城砦もさることながら、広大な森と庭園に囲まれた宮殿の総面積は〈聖剣学院〉の約半分にも匹敵し、森の一部は公園として、市民にも開放されている。

その〈王宮〉の敷地内に、彼の別邸はあった。

「――おや、今日は来客の予定はなかったはずだけど」

観葉植物の手入れをしていたその男は、気配のした扉のほうを振り向いた。

「よくおわかりになりましたね、帝弟陛下」

と、閉まっているはずの扉の前に、すぅっと半透明の女の姿が現れた。

研究者の白衣を着た、美しい黒髪の女だ。フィレット社の主任研究技官であるその女は、存在感をゼロにすることのできる、隠密《おんみつ》タイプの〈聖剣〉の所有者だった。

「やっぱり君か、クロヴィア。それじゃあ、警備の者を叱るわけにはいかないいな」

帝弟――アレクシオス・レイ・オルティリーゼ。

〈人類統合帝国〉皇帝に次ぐ地位を持つその男は、気さくに会釈した。

優男《やさおとこ》である。年齢は三十半ば、体格は長身ながら痩せ気味で、最高権力者の弟、という地位にある者としては、やや頼りない風貌だ。

「例の件で、ご報告にあがりました、殿下」

クロヴィアが小声で囁《ささや》く。

アレクシオスは不意に、真面目《まじめ》な顔になった。

「……なにか掴《つか》めたのかい？」

「〈第〇六戦術都市《アレクサンドリア》〉の研究機関による観測です。南方約二五〇〇キロルの絶海領域、今日未明に、超巨大質量の移動物体を発見しました。機関は超大型の〈ヴォイド〉と推定しましたが、詳細は不明。一時はこの〈帝都〉へ針路を取っていましたが、観測中にロスト。絶海領域の外へ移動したと思われます」

「――ふむ、〈魔王〉だと思うかね？」

「おそらくは――」

クロヴィアは短く頷《うなず》いて、

「それほどの巨大質量を持ち、海上を移動するのは、海を支配する〈魔王〉でしょう」

「――〈海王〉か。公爵の文献によれば、最も力ある〈魔王〉だとか」

「ええ。太古の世界では、すべての海を支配し、十二の海洋王国を滅ぼしたと」

「また一体、〈魔王〉が復活した、か。海底の地殻変動で目覚めたのか、あるいは、何者かが復活させた？」

「不明です。ただ、少なくとも、永久凍土で発掘した〈竜王〉のように、〈ヴォイド〉化の影響は受けていないものと思われます」

「それは幸運なことだ。切り札たる〈竜王〉が失われたのは痛手だったが――」

アレクシオスは肩をすくめると、観葉植物の葉に触れた。

「エドワルド・クリスタリア公爵の遺《のこ》した予言は、やはり真実だった。一〇〇〇年前に地上を支配した、〈魔王〉と呼ばれる上位の生命体が、現世に甦《よみがえ》りつつある」

――〈魔王〉。お伽話《とぎばなし》の中でのみ語られる、架空の存在。その実在証明に命を賭け、研究結果を遺したのが、アレクシオスの盟友たる、クリスタリア公爵だった。

世界に破滅をもたらした、〈魔王〉の力を以《もつ》て、〈ヴォイド〉を殲滅《せんめつ》する。

それが、クリスタリア公爵の提唱した〈魔王計画〉。

だが、〈魔王〉は人類の敵。制御する方法は、まだ研究段階だ。それに、八人いるとされる〈魔王〉がどこに封印されているのかは、いまだに不明だった。

しかし、強大な力を有した〈魔王〉が、実在することは確かなのだ。

「〈竜王〉、そして〈海王〉が復活した。次は、〈不死者の魔王〉あたりかな」

〈不死者の魔王〉は、記すのも憚《はばか》られる、最も恐るべき〈魔王〉である、とクリスタリア公爵の遺稿には記されていた。

曰《いわ》く、〈不死者の魔王〉は大地を呪い、死者を冒涜《ぼうとく》的な姿に変えて使役する、と。

死者の復活。〈魔王〉といえど、本当にそんなことができるのだろうか？

なんにせよ――

「皮肉なものだね。〈魔王〉が、人類の希望になるかもしれないなんて」

と、彼はどこか遠い彼方《かなた》をみつめ、呟《つぶや》くのだった。

◆

〈王宮〉の敷地内にある、森に囲まれた庭園で――

帝国第三王女、シャトレス・レイ・オルティリーゼは、ふと足を止《と》めた。

翡翠《ひすい》色の瞳が剣呑《けんのん》な色を帯び、整った柳眉が吊《つ》り上《あ》がる。

叔父の邸宅へ、一人の女が入って行く姿が見えたのだ。

（フィレットの女狐《めぎつね》め、また叔父上に取り入ろうとしているのか……）

クロヴィア・フィレットは、叔父の愛人であると、まことしやかに囁《ささや》かれている。

そして、シャトレスはその噂《うわさ》を信じていた。

（……穢《けが》らわしい。叔父上も叔父上だ）

正義感がひときわ強く、潔癖な彼女には、それが我慢ならない。

「シャトレス姉様、どうかなされたのですか？」

可憐《かれん》な声が、気遣わしげに訊《たず》ねてきた。

「ああ、すまない――アルティリア。なんでもないんだ」

振り返り、シャトレスは打って変わって、穏やかな微笑を浮かべた。

軍服の裾をつまみ、見上げてくるのは、可愛《かわい》い妹だ。

輝く黄金色の髪。姉妹でおなじ翡翠色の瞳。

アルティリア・レイ・オルティリーゼ、帝国第四王女である。

「……そうですか？　姉様、少し怖い顔をしてました」

――よく見ている。聡明《そうめい》な妹だ。

と、シャトレスは感心すると同時に、気を引き締める。

この妹の前では、完璧な姉でいなくては。

叔父の愛人に苛立《いらだ》っている姿など、見せるわけにはいかない。

もっとも、彼女の機嫌が悪いのは、ほかにも理由があった。

せっかくの妹との昼食を、記者の連中に邪魔されたのだ。

〈聖剣剣舞祭〉を目前にして、前回優勝者である彼女への取材は引きもきらない。

最初のうちは、これも優勝者の役目だと丁寧に対応していたが、ここ数日間の取材と称したプライベートの侵害は、目に余るものがある。

みんなまとめて、〈聖剣〉でぶちのめしてやりたいところだが、帝国の王女が、そんなことをするわけにはいかない。

無論、理解はしている。

彼女は最も注目される選手であり、帝国の第三王女であり、学生の中では最強の〈聖剣〉使いだ。それに、容姿が人並み外れて美しい自覚はある。

注目を浴びるのは、しかたのないことなのだろう。

もうひとつ、彼女を苛立《いらだ》たせるのは、記者の連中が、リーセリア・クリスタリアの出場に関していちいちコメントを求めてくることだ。

英雄と呼ばれたクリスタリア公爵の娘であり、あの〈第〇三戦術都市《サード・アサルト・ガーデン》〉の惨劇を生き残り、〈聖剣〉を授かった奇跡の少女。

いかにも記者が好みそうなアイドルだが、正直、さして興味は惹《ひ》かれない。

リーセリア・クリスタリアに対して、とくに悪感情はないが、所詮は話題作りのために召集された特別招待枠の選手、その程度のことしか思わない。

——なんにせよ。もう取材は断ろう、と心に決める。

（……こうして妹と過ごせる時間は、本当に貴重なのだからな）

シャトレスは、アルティリアの頭にぽん、と手をのせた。

（……溺愛しすぎかな。しかし、可愛《かわい》いのだからしかたない）

くすぐったそうに目を細める妹を見て、ふと思うことがある。

——本当はもう一人、妹がいたらしい。

彼女がそれを知ったのは、もう何年も前のことだ。

その妹は、王家と〈人類教会〉の取り決めにより、存在しなかったことにされた。

生まれてすぐに、どこかの貴族に引き取られ、育てられたと聞く。

（……今は、十五歳になるのか）

姉として、救ってやることができなかった。無論、当時はシャトレスも幼かったのだから、しかたあるまいが。

その後悔が、今も胸のうちにわだかまっている。

（せめて、幸せに生きていてくれればいいのだがな――）

「姉様っ……もうっ、子供扱いしないでください」

「……ああ、すまなかった」

シャトレスは苦笑して、妹の頭から手を離した。

「そろそろ行かなくては。私の部下が待っている――」

「あ、そうでした！」

二人は並んで庭園を歩き出した。

「姉様のご活躍、楽しみにしていますね」

「ああ、特等席で見ているがいい。私の〈聖剣〉が、頂点に君臨するところを」

自信に満ちた表情で、頷《うなず》くシャトレス。

と、アルティリアは少し気まずそうに顔を伏せて、

「あ、え、えっと……」

「どうした？」

「あの、姉様は……レオニス様とも、戦うのかな、って」

「レオニス？」

遠慮がちに呟《つぶや》く妹に、シャトレスはああ、と思い至った。

リーセリア・クリスタリアの部隊にいる、十歳の子供だ。

彼は〈ハイペリオン〉事件の際、船に居合わせていたのだという。

アルティリアは、自分を助け出してくれたのが彼だと、勘違いしているようなのだ。

無論、妹の前で、大人げなく勘違いだと口にすることはしない。

「大丈夫。私は子供相手に本気は出さないよ」

シャトレスは肩をすくめて、妹を安心させた。

だが、その答えは、彼女のお気に召さなかったようだ。

「お言葉ですが、姉様。レオニス様はお強いんですよ」

「ああ、そうだったね。油断はしないよ」

むーっと膨れっ面になるアルティリアを見て——

そんな表情も、また可愛《かわい》いものだなと思う、最強の〈聖剣士〉だった。

第三章　異世界転移

Demon's Sword Master of Excalibur School

「――……？」
眼《め》を開けると、そこは風の吹き荒れる荒野だった。
黒い砂塵《さじん》が、まるで蟲《むし》の群れのように視界を埋め尽くしている。
（……っ、なんだ……ここは？）
レオニスは眼を瞬《しばた》かせて、あたりの様子を見回した。
荒野のあちこちには、巨大な奇岩が無数に聳《そび》え立っている。
それ以外には、なにも見あたらない。
世界の果てまでも、不毛の荒野が続いているようだ。
血のように赤い空には、雲ひとつ浮かんでいない。
紺碧《こんぺき》の海は死の荒野に変わり、巨大な〈大海獣《リヴァイアサン》〉の姿も消えている。
「……どうやら、異界の次元に入り込んでしまったようだな」
異常な景色に狼狽《うろた》えたのも束《つか》の間《ま》、レオニスはそう結論付けた。
あの〈天空城《アズール・フォート》〉は、なんらかの方法で、異界の次元に転移した。
レオニスはその転移に巻き込まれたのだ。

（あの空中要塞に、次元転移の機能があったとはな――）

まるで、奴《やつ》の居城である〈異次元城〉のようだ。

（……奴は、やはり、〈アズラ＝イル〉なのか？）

レオニスは顎に手をあて、考え込んだ。

〈アズラ＝イル〉――異次元の来訪者。

女神ロゼリア＝イシュタリスが、どこか別の世界より召喚した、〈異界の魔神〉。

奴は〈八魔王〉の中で、最も謎に包まれた〈魔王〉だった。

……その本当の姿を見た者は、女神以外には、誰もいない。

〈アズラ＝イル〉は、形の概念を持たない精神生命体のような存在であり、器となった生命体に憑依《ひょうい》することで、はじめて力を振るうことができた。

それがなぜ、リーセリアの父である、クリスタリア公爵に憑依していたのか――？

（……いや、奴が〈アズラ＝イル〉だというのは、まだ推測に過ぎない、か）

しかし、次元の〈門〉を自在に行き来する権能、失われた魔術を使ったこと、〈魔王〉の存在を知っていたこと、なにより――

（我が女神――と、奴は確かにそう口にした）

〈魔王軍〉の中で、ロゼリア・イシュタリスに真の忠誠を誓っていたのは、レオニスとアズラ＝イルだけであったと言ってよい。

ほかの連中は、自身の野望のために、〈魔王軍〉という器を利用していただけだ。

〈異界の魔神〉は、常に敬意を込めて、彼女を『我が女神』と呼んだ。

もっとも、あの男の口にしたその言葉が、はたして、ロゼリアのことを指していたのかどうかは不明だが。

「……奴は、別の場所に飛んだのか」

あたりには、あの男の姿はおろか、〈天空城《アズール・フォート》〉も、あれほど巨大な〈大海獣《リヴァイアサン》〉も見あたらない。ヴェイラの姿もない。それに――

〈リヴァイズ、か――〉

〈海王〉リヴァイズ・ディープ・シーの片割れである、〈海妖精族《シー・スプライト》〉の少女は、なにが切っ掛けか、あの男の〈聖剣〉による支配を脱したようだが。

なんにせよ――

〈まずは、この異世界から脱出することを考えねばな……〉

吹き荒れる砂塵《さじん》の中、荒野を歩き出して、ひとり呟《つぶや》く。

元の世界に戻る方法は存在する。

専門の系統というわけではないが、魔導を極めたレオニスは、次元の〈門〉を生み出す魔術も幾つか使用することができる。

実際、〈狼魔衆《ろうましゅう》〉たちの隠れ家として生み出した地下迷宮も、その〈門〉の魔術で、〈第《セヴ》〇七戦術都市《ンス・アサルト・ガーデン》〉と別の場所を繋《つな》げたものだ。

しかし、別の次元と〈門〉を開くのは、そう簡単なことではない。

元の世界の座標を把握しなければ、どこに跳ぶかわからない。

〈門〉の先が、海の底や、岩の中に繋がるかもしれないのだ。

〈不死者の魔王〉であった頃のレオニスなら、それを試してみるのも一興だが、今の彼の肉体は、脆弱《ぜいじゃく》な十歳の少年のものだ。無謀な賭けをする気にはなれない。

(――やはり、〈アズラ＝イル〉を探すべきか)

この異世界がどれほど広大かは知らないが、〈天空城《アズール・フォート》〉と共に移動していれば、見つけることは可能だろう。

――と。不意に、足元の地面が影に覆われた。

あたりの荒野をすっぽり包み込むような、巨大な影だ。

レオニスは訝《いぶか》しげに空を見上げ、

「……っ、なんだ、あれは!?」

それは、空を覆い尽くす、エイのような超大型の飛行生物だった。

全長一〇〇メルト近くはあるだろう。巨大なヒレを不気味に波打たせ、おぞましい瘴気《しょうき》を撒《ま》き散《ち》らしながら、地上を睥睨《へいげい》するように飛行している。

その腹部には無数の腕が生え、エイの意思とは無関係に蠢《うごめ》いているようだ。

冒涜《ぼうとく》的なその姿は、不死者の王であるレオニスにも、嫌悪の感情を催させた。

「……〈ヴォイド〉だと？」

レオニスが呟《つぶや》いた、その瞬間。

空を飛ぶ化け物の目が、ぎょろりと回転し、レオニスを見た。

（あの高度から、俺を発見した⁉）

腹から突き出した無数の腕が、それぞれ異なる属性の輝きを放った。

魔術発動の光だ。

「ちぃっ――！」

ズドドドドドドオオオオオオオオオンッ！

岩だらけの荒野に、雨のように降りそそぐ、攻撃魔術の光。

爆煙が爆《は》ぜ、激しい炎が風に巻かれて噴き上がる。

その爆発の中心地で――

「……穢《けが》らわしい〈虚無〉の化け物が、異世界にも蔓延《はびこ》っているのか」

ゴウッ、と爆煙を吹き散らし、レオニスは呟いた。

防御魔術を展開したため、〈聖剣学院〉の制服には煤《すす》一つ、ついていない。

影から取り出した〈封罪の魔杖《まじょう》〉を掲げ、呪文を唱える。

「消し炭になるがいい――炎系統・第八階梯《かいてい》魔術〈極大消滅火球《アルグ・ベルゼルガ》〉！」

ズオオオオオオオオオオンッ！

魔杖《まじょう》の尖端《せんたん》より放った火球が直撃する。超大型〈ヴォイド〉のどてっ腹に大穴があき、虚無の瘴気《しょうき》が血のようにほとばしった。

「ほう、炎系統の最強呪文に耐えるか。頑丈な奴《やつ》だ」

直撃の寸前、腹より生えた無数の腕が、総出で防御魔術を展開したのだろう。

だが、その腕のほとんどはいまの一撃で焼き尽くされ、再生も追い付いていない。

■■■■■■■■■■■■ッ――！

ヴォイドが怒りの咆哮《ほうこう》を上げ、口腔部《こうこう》を大きく開けた。

ずらりと並んだ、真っ白な牙。

――否、牙ではない。口腔内に潜んでいた、無数の〈ヴォイド〉だ。

（……ほう、〈ヴォイド〉を寄生させているのか）

超巨大〈ヴォイド〉の中から現れた〈ヴォイド〉の群れが、ギチギチと蟲《むし》のような音を鳴らし、レオニスめがけて飛行してくる。

刃《やいば》のような両腕が翼となった、半人型の〈ヴォイド〉だ。

レオニスはやれやれと肩をすくめると、〈封罪の魔杖〉で地面を叩《たた》いた。

「よかろう。連戦で少々疲れているが、遊び相手になってやろう」

くくっと邪悪な笑みを浮かべ、呪文を唱えようとした、その時。

リイイイイイイイイインッ――！

ガラスの擦《こす》れるような音が、大気を震わせた。

「――なに!?」

魔力を帯びた水の刃が、荒野の上空を縦横無尽に奔《はし》り、滑空してくる〈ヴォイド〉の群れを、なます切りに斬り刻む。

そして更に、空を飛ぶ超大型の〈ヴォイド〉を一刀両断した。

赤い空に、血のように噴き上がる瘴気。

一〇〇メルトはある〈ヴォイド〉の巨体はたちまち、四個、八個、十六個の賽《さい》の目に切り分けられ、ドスンッドスンドスンッ、と荒野に落下する。

レオニスは、目の前に落ちてくる肉片のブロックをあわてて回避すると、立ち上る砂煙の向こうで閃《ひらめ》く、水の刃の発生点を探し求めた。

――と、居た。

ねじくれた岩塊の上に、紫水晶《アメジスト》の髪の少女が、無表情に佇《たたず》んでいた。

「……リヴァイズ・ディープ・シー」

その口の中の呟《つぶや》きが、聞こえたわけでもないだろうが。

少女はこちらを振り向くと、深海の如《ごと》き昏《くら》い眼《め》で、レオニスを見下ろした。

そして――

「――人間の子供よ。汝《なんじ》は一体、何者だ？」

問いかけは、虚無の残骸に埋め尽くされた荒野に静かに響いた。

◆

「ふむ、まさか、あの〈不死者の魔王《アンデッド・キング》〉が、このような愛らしき姿になるとはな」

リヴァイズが、レオニスの頭をぽんぽんと叩《たた》いてくる。

「……っ、気安く触るな、〈海王〉！」

レオニスは髪を逆立て、彼女の腕を振り払った。

目の前の子供が、〈不死者の魔王〉であるという事実に、最初は半信半疑だった〈海王〉も、レオニスが〈魔王軍〉の死の象徴たる〈封罪の魔杖《まじょう》〉を見せ、ついでに、自慢のスケルトン兵の軍団を召喚してみせると、ようやく信じたようだ。

曰《いわ》く、骸骨兵を使役する魔導師は数多くいるが、これほど見事に磨き上げられたスケルトン兵の軍団を維持できるのは、ほかならぬ〈不死者の魔王〉だけだ、とのことだ。

……そうであろう、そうであろう、とレオニスも満更ではなかった。

スケルトン兵の選抜には、こだわり抜いているのだ。

レオニスはこほんと咳払《せきばら》いして、リヴァイズを見上げた。

「〈海王〉よ。とりあえず、お前に聞いておきたいことがある」

「我に質問することを許可しよう、〈不死者の魔王《アンデッド・キング》〉」

と、傲岸不遜に頷《うなず》く彼女。

（……偉そうな奴《やつ》だ）

レオニスは自分のことを棚に上げて思う。

もっとも、〈魔王〉どもは、だいたい偉そうな態度なのだが。

「お前は、あの人間に精神支配されていたのか？」

すると、彼女の瞳が剣呑《けんのん》な色を帯びた。

「その通りだ。この〈海王〉ともあろう者が、口惜しい」

怒りを思い出したのか、水の羽衣が魔力を帯びて蠢《うごめ》きだす。

「そもそも、お前は〈六英雄〉の大魔導師と戦い、相打ちになったのではないか？」

「然《しか》り。我と〈リヴァイアサン〉は、魔海の底にて、大魔導師ディールーダと相打ちになり、〈海底大要塞〉の残骸と共に、大海溝の底へ沈んだ」

「敗れはしたが、完全に滅してはいなかった、ということか」

リヴァイズはうむ、と頷いて、

「しかし、奴の大魔術により、我は滅びる寸前だった。そこで我は自身の存在を一粒の宝石に変えると、海の底で少しずつ魔力を吸収し続け、復活の日を待つことにしたのだ」

　そして、目覚めることのないまま、一〇〇〇年の時が経過した。

「あの人間が、大海溝の下で宝石を見つけ、我の魂を解き放ったのは、何時《いつ》だったか――覚えてはおらぬが、そう昔のことではあるまい」

　彼女はわずかに唇を噛《か》んだ。

「我は、安寧の眠りを妨げた不届き者を、八つ裂きにしようとした。だが、あの人間はそれを見越して、我に対する切り札を用意していた」

「切り札？」

「彼奴《きやつ》は、我の半身たる〈リヴァイアサン〉を、すでに手中に収めていたのだ」

「あの〈リヴァイアサン〉は、お前が甦《よみがえ》らせたのではないのか」

「そうだ。あの人間が如何《いか》なる邪法を以《もつ》て、我が半身を復活させたのかはわからぬ。片割れを奪われ、憤怒《ふんぬ》に駆られた我は戦いを挑み、敗北した」

〈海王〉――リヴァイズ・ディープ・シーは、最強の〈魔王〉だ。

　だが、〈海王〉とは――二体で一対を為《な》す〈魔王〉。

〈海妖精族《シー・スプライト》〉の女王リヴァイズと、最強の単一生命体である〈リヴァイアサン〉、二つの存在が揃《そろ》わなければ、完全な〈海王〉たり得ない。

〈リヴァイアサン〉を奪われた状態では、彼女に勝ち目はなかっただろう。

「――そして、我は奴《やつ》の精神支配に屈したのだ」

リヴァイズは怒りに声を震わせた。

「支配されていた間の記憶は、ないのか？」

「……うむ。支配が解ける直前、汝《なんじ》と戦った記憶は、朧気《おぼろげ》にあるが——」

と、彼女はわずかに身を屈《かが》め、レオニスの眼《め》を覗《のぞ》き込んだ。

「〈不死者の魔王《アンデッド・キング》〉よ、汝に敗れたことで、奴の精神支配が解けたようだ。汝には、ひとつ借りができてしまったようだな」

「……そう、か」

と、レオニスは曖昧に言葉を濁した。

精神支配が解けた理由は、レオニスがリヴァイズを倒した故なのか、実際のところはわからない。そうかもしれないし、また違う理由があるのかもしれない。

奴が〈ヴェイラ〉に〈聖剣〉を使おうとしたことで、リヴァイズに対する効力が一時的に弱まった可能性もある。あるいは——

レオニスの〈聖剣〉——〈EXCALIBER.XX《エクスキャリバー・ダブルイクス》〉。

その力が、〈聖剣〉に対して何か作用した、という可能性もあるだろう。

（——まあ、なんにせよ、リヴァイズは奴の手駒の一つだった、ということか）

〈異界の魔神〉——アズラ＝イル。

奴は〈魔王〉を復活させ、なにを目論《もくろ》んでいるのか……？

「――ときに〈不死者の魔王《アンデッド・キング》〉よ」

と、ひとり考え込むレオニスに、リヴァイズが声をかけた。

「なんだ?」

「ここは、一体どこだ?」

眉をひそめ、あたりを見回すリヴァイズ。

「――別次元の世界のようだ」

「別次元の世界?」

「どうやら、俺達《たち》はあの〈天空城《アズール・フォート》〉の次元転移に巻き込まれたらしい」

「そういえば、海が見あたらぬな」

「今ごろ気付いたのか?」

レオニスは呆《あき》れたように肩をすくめた。

リヴァイズは、あたりに散らばったブロック状の肉片に視線を移し、

「先ほどの醜い化け物はなんだ? あんな魔物は見たことがない」

「〈ヴォイド〉――虚無より生まれし、未知の生命体だ」

「ふむ……」

と、リヴァイズはよくわかっていない様子で、首を傾《かし》げた。

超巨大〈ヴォイド〉の残骸は、いまだに瘴気《しょうき》を噴き上げている。

（――しかし、別次元の世界にも〈ヴォイド〉が蔓延《はびこ》っているとはな）

あるいは、荒廃したこの景色は、虚無による滅びを迎えたあとなのかもしれない。

レオニスは赤い空を見上げて言った。

「俺は、これから奴《やつ》を追う。いろいろ聞かねばならんからな」

「我も同行しよう。〈リヴァイアサン〉を取り戻さねばならぬ」

「……」

レオニスは立ち止《ど》まり、少し考えた。

完全体でないとはいえ、リヴァイズは〈魔王〉の片割れだ。戦力になる。

それに、一〇〇〇年前は〈海神〉を倒すため、共闘したこともある。なにを考えているのか、いまひとつ掴《つか》みどころがないが、〈魔王〉の中ではかなり与《くみ》しやすいほうだ。

「……よかろう。来るがいい」

レオニスは頷《うなず》くと、〈封罪の魔杖《まじょう》〉を地面に突き立てた。

「――来たれ、〈屍骨竜《スカルドラゴン》〉よ！」
ズ、ズズズズズズ……！
と、影の中から、翼を広げた巨大な骨のドラゴンが現れる。

レオニスが〈屍骨竜《スカルドラゴン》〉の首にまたがると、リヴァイズもふわりと跳び乗った。

「お前は自分で飛べるだろう」

「名高い〈不死者の魔王《アンデッド・キング》〉の〈屍骨竜《スカルドラゴン》〉に乗るのも悪くなかろう」

「落ちても知らんぞ――」

嘆息し、肩をすくめるレオニス。

〈屍骨竜《スカルドラゴン》〉が奇怪な声を上げて飛び立つ。

――と、その時。

「こらあああっ！　ちょっと、待ちなさいよっ、レオ！」

「……む？」

聞き慣れた声に振り向くと、飛行する〈屍骨竜《スカルドラゴン》〉のその背後。

燃えるような紅蓮《ぐれん》の髪をたなびかせて飛ぶ、美しい少女の姿が見えた。

「――なんだ、案外近くにいたんだな」

「……～っ、なんだ、じゃないわよ。あんたたちが、派手にやりあってるのが遠くから見えたから、飛んで来たの」

ヴェイラは〈屍骨竜《スカルドラゴン》〉の鼻先に、トンと降り立った。

「奴《やつ》のところに行くんでしょ？」

「ああ」

「あたしも行くわ。あたしの〈天空城《アズール・フォート》〉を取り戻さないと」

「好きにするがいい」

……どうせ向かう場所は同じだ。レオニスは肩をすくめた。

それから、ヴェイラは、背骨に座るリヴァイズのほうへ視線を向けて、

「リヴァイズ、あんたには〈天空城〉での借りがあったわね」

「〈竜王〉よ、今は汝《なんじ》と争《と》う気はない。が、汝がその気なら、また相手になるぞ」

視線を受け止めたリヴァイズが、ヴェイラを睨《にら》み返す。

「ふん、〈リヴァイアサン〉を失った今のあんたを倒しても、〈竜王〉の名が廃るわ」

ヴェイラは、風にはためく真紅の髪をかき上げて、言った。

「今は休戦ってことにしてあげる」

「――ふむ、よかろう」

リヴァイズは再び、背骨の上に腰をおろした。

（……俺の〈屍骨竜《スカルドラゴン》〉の上で喧嘩《けんか》をはじめてくれるなよ）

と、戦々恐々のレオニスである。

「それで、レオ。どこへ向かって飛んでいるの？」

「わからん。とりあえず、この異世界の果てまで飛んでみるぞ」

訊《たず》ねるヴェイラに、レオニスはまっすぐ前を見据《みす》えて、そう答えた。

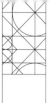

第四章　女神の使徒

「――まだ眼《め》で見てますね。魔力で察知しなくては、意味がありません」

「は、はいっ！」

照りつける日差しの中。リーセリアの返事が勢いよく響く。

〈シャングリラ・リゾート〉の敷地内にある、大型の訓練施設。

フィレット財団の所有する、対虚獣兵器の試験場だ。

その屋外グラウンドで、リーセリアは血の滲《にじ》むような特訓を受けていた。

特訓の内容は至極単純。レオニスの放つ魔力球を、ひたすら避《よ》け続けるのだ。

最初は、なんとかついてこられていたリーセリアも、だんだんと魔力球の数が増えるにつれ、回避が間に合わなくなっていった。

かろうじて、直撃は避けているものの、すでに全身ズタボロだ。

「はあっ、はあっ、はあっ……」

「もう限界ですか？　この程度の訓練で音を上げるようでは――」

「……っ、ま、まだまだ……よ！　お願いします！」

リーセリアは顎の汗を拭うと、凛《りん》として叫んだ。

「その意気は認めましょう。では、次は本気を出しますので――」

「えええええっ⁉」

レオ君は、ものすごい手加減してくれてたんだ。

――ということを、いまさらながらに悟るリーセリアである。

「フレッフレッ、お嬢様っ！　がんばれがんばれ、お嬢様っ！」

と、グラウンドの外で、そんな声が聞こえてくる。

思わず、振り向けば――

「レ、レギーナ⁉　なにしてるの⁉」

「お嬢様の応援です♪　フレッフレッ♪」

ポンポンを振り上げ、ぴょんぴょんとジャンプするレギーナ。

なぜか本格的なチアガール姿に着替え、完全に楽しんでいる様子である。

「ちょ、ちょっと、恥ずかしいから――！」

「いえ、どっちかというと、わたしのほうが恥ずかしいかと……」

「じゃあやめて！」

「――よそ見とは余裕ですね。では、更に数を増やしましょう」

「え、ちょっと――」

レオニスの生み出した無数の魔力球が、リーセリアに降りそそいだ。

…………──。

「お嬢様、飲み物です」

「ありがとう、レギーナ」

グラウンドの地面に仰向《あおむ》けになると、リーセリアは、レギーナの差し出したスポーツドリンクをごくごくと飲みはじめた。

「まあ、午前の訓練は、こんなものでいいでしょう」

と、レオニスが肩をすくめる。

「ご、午前の……?」

リーセリアは仰向けになったまま、訊《き》き返した。

「先ほどのはウォーミングアップです。午後はこんなものではありませんよ」

「え……」

その無情な宣言に、

「本物のレオ君、早く帰ってきて……」

と、珍しく弱音を吐くリーセリアである。

「少年、わたしは少し休みたいです。応援疲れしちゃいました」

「わかりました。十分に休息をとってください」

「レギーナに甘い!」

リーセリアは思わず、半身を起こして叫んだ。

この偽物《にせもの》のレオニスは、なぜかレギーナを尊敬しているようなのだ。

「午後は、フィーネ先輩と咲耶《さくや》も合流するんですよね？」

「ええ、そのはずだったんだけど……」

咲耶には、『申し訳ないけど、自主訓練をしたいんだ』と、断られてしまった。

実際、咲耶の修行方法は特殊なのだ。

毎朝、〈フレースヴェルグ寮〉の裏手の森で、葉っぱが地上に落ちる前に斬ったり、木々の間を跳んだりしているのである。

（……きっと、普通の訓練は、彼女には向いていないんでしょうね）

◆

〈帝都〉――第Ⅷエリア。未開発地区。

もとは〈第〇三戦術都市《サード・アサルト・ガーデン》〉の工業生産プラント用に開発の進んでいた、〈戦術都市〉の汎用増設モジュールであったが、六年前に〈第〇三戦術都市〉が壊滅したことにより、開発は一時中止。現在では資材置き場として使われている。

〈リニア・レール〉は物資搬送用に使われるのみで、人の往来はほとんどない。

地上エリアに人の姿はなく、フィレット社の〈人造精霊《アーティフィシャル・エレメンタル》〉を組み込んだ、監視用の飛行機械が数機飛び回るのみだ。

——が、それはあくまで、地上の景色である。

広大な未開発地区の地下深くでは、アンダーグラウンドな世界が広がっている。

密売人、犯罪者、ギャング、ならず者、反王政派のテロリスト、〈虚無〉を信仰する異端の教団まで、ありとあらゆる者たちが地下の階層を根城にしている。

「〈帝国〉の軍が、ここの地下組織を潰さないのはどうしてかしら?」

魔力灯の灯《とも》る地下トンネルを歩きつつ、少女がそんな疑問を口にした。

——アルーレ・キルレシオ。

美しく尖《とが》った流線型の耳。翡翠《ひすい》色の髪を頭のうしろでくくった、エルフの剣士。

外見の年齢はまだ幼く見えるが、歴《れつき》とした古代の〈勇者〉だ。

なんの因果か、彼女自身も今は地下組織に身を置いているのだが。

「一気に潰すことは可能だろうけど、ね——」

隣を歩く咲耶《さくや》が答えた。

「地下組織を相手にすれば、それなりに被害はでるだろうし、中心から離れた場所で、なるべく一箇所に固まってくれていたほうが、扱いやすいんだろうね。実際、軍が大きな犯罪組織を潰したことは過去にあったけど、より過激な分派にわかれて、あちこちの〈戦術都市〉にまで広がってしまったことがあるんだ」

「……なるほどね」

……そういえば、彼女の所属している〈狼魔衆《ろうましゅう》〉も、元は〈王狼派《おうろうは》〉という反王政テロリストの分派だったらしい。

「――あそこみたいだね」

と、咲耶は見ていた地図から顔を上げ、前方を指差した。

地下トンネルのはるか先に、眩《まぶ》しく輝く魔力灯のネオンが見える。

「ねえ、本当に乗り込むの？」

「ああ。先輩たちには悪いけど、普通のトレーニングは肌に合わなくてね。やっぱり、武者修行がボクには向いてるんだ」

「……あ、そう。けど、なんであたしまで」

アルーレは膨れ顔で咲耶を睨《にら》んだ。

初めて端末で呼び出されたと思ったら、こんなことに付き合わされるなんて――

「ボク一人だと迷いそうだし、なんだか暇そうだったから」

「ひ、ヒマじゃないわよ、あたしは〈魔王〉の正体を探ったり、忙しいんだから」

まあ、実際はここ数日、魔王〈ゾール・ヴァディス〉が一切、〈狼魔衆〉の前に姿を現さないため、彼女の活動も手詰まりではあったのだが――

「それに、ボクのこっちの顔を知る友達は、君しかいないしね」

咲耶《さくや》は胸もとから狐《きつね》のお面を取り出して、悪戯《いたずら》っぽく笑った。

「な、なによそれ……って——と、友達？」

思わず、耳をピンと立たせるエルフの剣士。

「違うのかい？」

咲耶は首を傾《かし》げて、訊《き》き返した。

「え？　えっと、そ、そう……ね。そう、なのね。友達……」

アルーレは少し頬《ほお》を赤くして、口の中でその言葉を転がした。

——友達。これまでの彼女の人生で、そんな存在は一人もいたことがなかった。

〈魔王殺しの武器《ジ・アーク・セヴンス》〉に選ばれ、世界を救う〈勇者〉としての使命を負った彼女は、赤子の頃にエルフの里から引き離され、〈六英雄〉の〈剣聖〉の元に預けられたのだ。

「し、しかたないわね。まあ、付き合ってあげるわよ」

「ありがとう。付き添ってくれたお礼、といってはなんだけど——」

咲耶は微笑《ほほえ》むと、懐から一枚のチケットを取り出し、アルーレに差し出した。

「……これは？」

「出場者に配られる、〈聖剣剣舞祭〉の観戦チケットだよ」

「くれるの？」

「ああ。見に来てくれると嬉《うれ》しいな」

「ふ、ふーん……」

アルーレは渡されたチケットをしげしげと眺めて、

「い、一応、もらっといてあげるわ。あたしも忙しいから、観《み》に行けるかどうかわからないけど、と、友達……だものね」

そんな会話をしているうちに、目的の場所に到達した。

物資の箱の積み上がった通路の先に、金属製の扉がある。

扉の中からは、激しい音楽と喧噪《けんそう》、叫び声が聞こえてくる。

「入るよ――」

咲耶はお祭りの狐面を着けると、中に足を踏み入れる。

扉の中は、想像よりもはるかに広大な空間だった。

本来は、資材を保管しておくための倉庫だったのだろう。

音楽が大音量で鳴り響き、大勢のならず者たちが雄叫《おたけ》びを上げている。

「ひどい喧噪ね。耳が痛くなるわ」

アルーレは顔をしかめ、とがった耳をぱたぱたさせた。

咲耶は人混みの中をまっすぐに進み、倉庫の中央に向かう。

そこにあるのは、無数のライトに照らされた、巨大なリングだった。

そう、ここは地下闘技場。

不定期で開催され、アンダーグラウンドにいる腕自慢の連中の集まる場所だ。

「お、なんだ？　ここは嬢ちゃん達《たち》のような娘の来る場所じゃねえぞ」

鋭い爪を持つ人狼族《じんろう》の男が、リングの前に来た咲耶《さくや》の肩を掴《つか》んで止《と》めた。

「ボクも闘技場にエントリーしたい。飛び入りも歓迎してるんだろう？」

「いい加減にしろよ！　ここは〈ブラック・ファング〉の仕切る――」

「〈聖剣〉――アクティベート」

ギィンッ――と、闇の中に銀光が閃《ひらめ》く。

咲耶の抜き放った〈雷切丸《らいきりまる》〉が、人狼族の男の髭《ひげ》を切り落とした。

「……なっ!?」

目を見開き、立ち尽くす人狼族の男。あたりがにわかに騒然となる。

青白い雷火を放つ〈雷切丸〉を手にしたまま、咲耶はリングの中に視線を向けた。

「よかった。〈聖剣〉使いもいるんだね――」

咲耶が目を止めたのは、巨大な炎の大剣を構えた大男だった。

その大男もまた、咲耶と同じように、仮面で顔を隠していた。

平時において、市街地での〈聖剣〉の使用は原則禁止されている。

この男は、反政府組織の一員なのか。あるいは、〈聖剣〉の力を存分に振るいたい、そんな願望を持った戦闘狂なのか。

（……ま、そんなのは、どうでもいいけどね）

咲耶はリングの上に上がると、スッと〈雷切丸〉を構えた。

「さて、誰かボクの相手をしてくれないか？　それとも――」

と、リングわきに控えている出場待ちの連中を見下ろして、

「全員、まとめてでも、構わないよ――」

◆

情報素子によって構築された、仮想戦術都市――〈アストラル・ガーデン〉。

幾何学立方体のグリッドに埋め尽くされた無限大の空間を、〈夜の女王〉は光の翼を広げ、軽やかに飛翔《ひしょう》する。

胸もとの大胆に開いた艶《あで》やかな漆黒のドレスは、普段のエルフィーネを知る者が見れば、意外な印象を受けるかもしれない。だが、このアバターをデザインしたのは、ほかならぬ彼女自身だった。

（……セリアたちには、見せられない格好ね）

〈聖灯祭〉では、魔女の衣装を披露した彼女だが、本当は、リーセリアのような、もっと

大胆でセクシーな格好をしてみたかった。

この〈夜の女王〉の姿を見せたら、あの少年は、一体どんな反応をするだろう？

リーセリアのセクシーな格好を見た時のように、少しはドキドキしてくれるだろうか。

（……なんて、ね）

やがて、彼女は膨大な情報の海の中で、目当てのものを発見する。

グリッドを足場に跳ねてくる、黒猫だ。

「ケット・シー、お疲れ様」

エルフィーネが〈天眼の宝珠〉《アイ・オヴ・ザ・ウイッチ》の一つを核にして造り出した、〈人造精霊〉である。

情報を探るため、レオニスに頼んで、フィレットの運営するカジノのメインネットワークに潜入させていたのである。

無論、フィレット財団の本丸は〈帝都〉の〈セントラル・ガーデン〉にある本社だが、〈人造精霊〉関連の情報は、軍のセキュリティをも凌《しの》ぐ防衛システムによって守られており、エルフィーネ個人の力で潜入することは難しい。

（兄の運営するカジノの機密情報が、突破の足がかりになればいいけど）

エルフィーネは黒猫を抱きかかえると、情報キューブを受け取った。

〈天眼の宝珠〉で攻性ウィルスなどの有無をスキャンし、慎重に展開をはじめる。

幾何学立方体が解体され、カジノの顧客データが〈宝珠〉に記録される。

欲しいのは、〈魔剣計画〉に関わるデータ。その〈魔剣計画〉と、兄フィンゼル・フィレットの関係。そして――

母親を殺した父、ディンフロード・フィレットに関わる情報だ。

――と、膨大な顧客データの中に、気になる事象を発見した。

「これは……?」

あのカジノに、〈人類教会〉の司祭が何度かおとずれている。

〈ヴォイド〉の殲滅《せんめつ》を教条とする〈人類教会〉は、旧時代の宗教のように、ことさらに禁欲を奨励する教義ではないが、司祭がカジノに足を運ぶのは、やはり違和感があった。

複数の人物が出入りしているようだが、使われているのは明らかな偽名だ。

(――同一人物の可能性もある? もっと調べてみる必要がありそうね)

〈魔剣計画〉の初期段階で、軍が関与していたことはすでに判《わか》っている。

〈フィレット〉、〈帝国軍〉、そこに〈人類教会〉も関わっているのだとすれば――

(わたし一人の力で立ち向かうのは、到底無理でしょうね……)

彼女が立ち向かおうとしているのは、目眩《めまい》がするほど強大な存在だ。

本当に、そんな戦いに、リーセリアたちを巻き込んでもいいのだろうか?

――その時。ふと、彼女の脳裏に去来したのは――

ほんの十歳の少年の姿だった。

（レオ君……）

彼が、ただの棄民《きみん》の少年などではないことは、すでに確信がある。

彼女は、本来、〈管理局〉に提出すべき、彼に関するデータを秘匿していた。

〈第〇七戦術都市《セヴンス・アサルト・ガーデン》〉が〈大狂騒《スタンピード》〉に見舞われた時も。〈ヴォイド〉の〈暗礁〉が蒸発した時も。〈第〇三戦術都市《サード・アサルト・ガーデン》〉で、未知の〈ヴォイド・ロード〉と戦った時も。そして、調査に向かった古代の遺跡で、〈ヴォイド〉の〈巣《ハイヴ》〉が消滅した時も――

――その中心には、必ずあの十歳の少年の存在があった。

彼が何者で、本当は何を考えているのかは、わからない。

（けれど、彼なら、もしかしたら……）

どこかで、そんな期待を抱いてしまう。

彼は、この世界の福音なのか。それとも――

いつだったか、姉の口にしていた言葉を思い出す。

――〈魔王〉。旧《ふる》い世界を焼き尽くし、滅ぼした、破壊と混沌《こんとん》の権化《ごんげ》。

「ねぇ、何かいいものは見つかった？」

「……っ!?」

突然、聞こえたその声に、エルフィーネはハッと目を見開いた。

展開した情報キューブが、光の粒子となって消え、新たな姿に変化した。

それは、両手のひらに乗る大きさの、妖精だった。

黒い羽から光の粒子を振《ふ》り撒《ま》き、頭上を蝶《ちょう》のように舞う。

「……なに!?」

エルフィーネは鋭く、警戒の声を発した。

まさか、情報キューブにバックドアを仕込まれていた?

「ふふ、初めまして、お姉ちゃん♪　会いたかったわ」

妖精は宙でぴたり、と止《と》まり、無邪気に微笑《ほほえ》んだ。

「──わたしは〈熾天使《セラフィム》〉。〈女神〉の声を伝える伝道師《メッセンジャー》」

「セラフィム……!」

エルフィーネはハッとする。

その名前は知っていた。彼女はずっと、その存在を追っていたのだ。

エルフィーネの所属していた、第七小隊の元隊長、ライオット・グィネスをはじめ、

〈聖剣学院〉の〈聖剣〉使い達《たち》をそそのかし、〈魔剣〉を与えた存在──

フィレット社の製造した、量産型〈人造精霊《アーティフィシャル・エレメンタル》〉。

「嬉《うれ》しいわ。わたしのこと、知ってくれているのね」

妖精の少女はくすくすと笑った。

「……っ、あなたが、ライオットたちに〈魔剣〉を与えたのね」

「違うわ。わたしは〈魔剣〉を与えることも、生み出すこともできない。わたしはただ、力を望む人たちに、〈女神〉の声を伝えてあげただけ」

「……〈女神〉？」

〈魔剣〉の力を手にした学生たちの多くが、〈女神〉の声を聞いた、と供述している。

――それは、この〈人造精霊〉の声のことではないのだろうか？

「どういうこと？　〈魔剣〉を生み出しているのは、あなたじゃないの？」

「お前達は〈聖剣〉のことをなにも知らない。星の力だなんて欺瞞《ぎまん》を口にして、その本質を理解しないまま、力を振るっている」

「何を――何を……言ってるの……？」

「〈聖剣〉も〈魔剣〉も、その本質は同じものなのに――」

妖精は蠱惑的《こわくてき》に微笑むと、

「ねえ、エルフィーネ・フィレット。あなたは力が欲しくない？」

エルフィーネの薄闇色の瞳を、じっと覗《のぞ》き込んでくる。

「……な――」

「〈女神〉の声を聴くのよ。あなたの〈聖剣〉を〈魔剣〉に生まれ変わらせれば、あなたは本物の〈魔女〉の力を持つことになる。そうすれば、あなたの兄も、あの怪物――ディンフロード・フィレット伯爵さえも超える存在になれるわ――」

耳朶《じだ》に響く、甘い誘惑の声。

それは、この妖精の声なのか、それとも――

その抗しがたい誘惑の声に――

「――……っ、みないで」

エルフィーネはキッ、と面を上げ、〈人造精霊《アーティフィシャル・エレメンタル》〉を睨《にら》み据《す》えた。

「わたしを甘くみないで！」

〈聖剣〉――〈天眼の宝珠《アイ・オヴ・ザ・ウイッチ》〉が、真っ白な閃光《せんこう》を放った。

空間のグリッドが破壊され、激しい警報の音が鳴り響く。

「私は〈魔剣〉を、それを生み出したものを、絶対に許さない」

「残念。あなたなら、〈魔女〉どころか〈使徒《アポストル》〉になれたかもしれないのに」

なにもない虚空《こくう》に、あの妖精の声だけが響きわたる。

「また、会いましょう。今度は、〈女神〉のいる世界で――」

ただ、一枚の黒い羽だけが、エルフィーネの足もとに舞い落ちた。

◆

無限の虚空に宙吊《ちゅうづ》りに浮かぶ、さかしまの城。

――〈異次元城〉。

〈八魔王〉の一人、異界の魔神〈アズラ＝イル〉の居城であり、〈魔王軍〉の拠点の中では唯一の次元間航行能力を有した、神出鬼没の機動要塞だ。

現在はその主《あるじ》を失い、次元間航行能力は失われているものの、今なお要塞としての十分な機能を備えている。

城の大広間。天井と床がひっくり返った、伽藍《がらん》の大広間に――

巨大な〈眼《め》〉が、ひしめき合っていた。

否、〈眼〉ではない。鏡のように磨き上げられた、漆黒の宝珠。

無数の〈眼〉のような宝珠が、大空洞の中央に現れた人間の姿を、様々な角度から見下ろしている。

上等なスーツに身を包んだ、長身の男だ。美青年といっていい、甘く整った顔立ちだが、その眼には、ほの昏《ぐら》い狂気の光をたたえている。

フィレット伯爵家次男――フィンゼル・フィレット。

〈魔剣計画〉の遂行者にして、人類の背約者。

『狡猾《こうかつ》なる愚者、儚《はかな》き定命の種族よ。喜ぶがいい、お前は饗宴《きょうえん》に招かれるにふさわしい働きをした』

――と。彼の頭上に浮かぶ〈眼〉のひとつが声を発した。

「光栄に御座います、女神の〈使徒《アポストル》〉よ」

殷々《いんいん》と響くその声に、彼は心からの畏怖の念を抱いて平伏した。

頭《こうべ》を垂れた首筋に、冷たい刃《やいば》を押しあてられているかのような感覚。

事実、彼の命は、この城におわす殿上人たちの前では塵《ちり》に等しい。

『汝《なんじ》は、〈女神〉の祝福に身を浸し、虚無となることを望んでいましたねぇ』

と、また別の〈眼《め》〉が声を発した。ねっとりと粘つく、淀《よど》んだ女の声。

「は——それこそが、わたしの望みで御座います」

『〈女神〉の声を聞き、その祝福に身を浸せば、汝は人ではなく、この世界にあまねく存在する虚無の一部となろう——』

「おお、光栄なことです、それは——栄誉なことです。私にとっては」

彼は顔を上げ、渇望の叫びを上げた。双眸《そうぼう》に熱狂的な光を宿して——

『汝は、人類の背約者となり、故国を虚無に焼《く》べると？』

「〈帝都〉など、わたしにとっては牢獄《ろうごく》のような場所でした。父も、兄も、〈聖剣〉も、わたしを認めようとはしなかった。故国も、世界も、このいとわしい人の身にも、一切の未練などございません」

『——よかろう』

頭上の〈眼〉が彼を見下ろし、逆しまの大空洞に哄笑《こうしょう》が響き渡る。

『フィンゼル・フィレット、〈女神〉の声に導かれし、人類の背約者よ。秘匿された神殿の最奥にて、我らの〈女神〉に拝謁する機会を与えよう』

「お、おお……おお――感謝します、偉大なる〈使徒〉よ！」

『ただし――』

と、感涙の声を上げる男の頭上で、〈眼〉がぐるりと回転した。

『すべては、〈女神〉がお前に与えた使命を完遂してからだ』

「――は、それは無論」

フィンゼル・フィレットは頭を深く垂れた。

「〈疑似女神創造〉と〈魔剣計画〉。そして、〈虚無転界《ヴォイド・シフト》〉。備えはできております。わたしは偉大なる〈使徒〉の手足となり、〈女神〉のご意思を遂行してみせましょう」

『〈女神〉の意思を。虚無による世界の再生を』

「〈女神〉の意思を。虚無による世界の再生を」

フィンゼル・フィレットは聖句を唱えるように唱和する。

――と、彼の周囲の空間が歪曲《わいきょく》し、その身は折り畳まれるように消えた。

しん、と一瞬の静寂がおとずれて――

虚空《こくう》に浮かぶ〈眼〉のひとつが、大空洞に声を響かせた。

『老公、あれは本当に使えるのか？』

『なに、錆《さ》びた剣にも使い道があるものだ。あの男の献身がなければ、〈疑似女神創造〉も、〈魔剣計画〉も、このように進めることはできなかっただろう』

『けどねぇ、結局、〈剣聖〉を手中に収めることはできなかったじゃないの。あの無限進化の化け物は、我等の〈女神〉の血を求めて、いまも彷徨《さまよ》っているわ——』

『シャダルク・ヴォイド・ロードは、〈龍神《りゆうじん》〉に追跡させている』

『問題は〈剣聖〉だけではない。正体不明の何者かが、我等に先んじて〈魔王〉を手に入れようとしているようだ』

『〈使徒《アポストル》〉第十四位、ゼーマインが〈不死者の魔王〉の眠る地に向かったが、〈不死者の魔王〉の亡骸《なきがら》はすでに消《き》え失《う》せ、ゼーマインも何者かに討たれた』

「〈女神〉の預言に、齟齬《そご》が生じているようですね」

——と。大広間の中心の空間が歪《ゆが》み、人影が姿を現した。

〈人類教会〉の聖服に身を包んだ、白髪の青年。

〈使徒《アポストル》〉の第十三位——ネファケス・ヴォイド・ロード。

「彼をお送りしてきました。〈女神〉への拝謁が叶《かな》ったと、とても喜んでいましたよ」

手にした錫杖《しやくじよう》をトン、と鳴らし、青年はにこやかに微笑した。

『ネファケス卿《きよう》。あなたのほうの準備は整ったのかしら?』

粘つくような女の声が問い訊《たず》ねる。

「ええ、委細抜かりなく。〈人類教会〉の内部に手を回しておきましたので」

『そう、偉いわぁ。では、あとはわたくしたちに任せなさい』

「もちろんですよ、〈闇の巫女《みこ》〉——イリス様」

恭しく頭を下げたネファケスの頭上で、〈眼《め》〉のひとつが光の粒子へ姿を変え、サーッと細かな砂が落ちるように、逆しまの大広間の上にひろがった。

その光の砂が、うねるように妖しく蠢《うごめ》き、一人の女の姿をとる。

血のように赤い瞳。闇のように艶やかな髪を、腰まで伸ばした絶世の美女だ。

髑髏《どくろ》をあしらった漆黒のドレスの上に、闇色のローブを身に付けている。

——〈使徒〉の第九位。

魔王軍〈不死魔術師団長〉——イリス・ヴォイド・プリエステス。

〈不死者の魔王〉——レオニス・デス・マグナス麾下《きか》の幹部にして、〈女神〉ロゼリア・イシュタリスの託宣を授かる〈闇の巫女〉。

彼女は赤い唇をぺろっと舐《な》め、艶《あで》やかに嗤《わら》った。

『ふふふ……愉《たの》しみですわねえ。人類の希望の祭典が、地獄に変わるのは』

第五章　荒野の三魔王

Demon's Sword Master of Excalibur School

「ふんふん♪　ふふんふーん♪」

ホテルのバスルームに響く、可憐《かれん》な鼻歌。

ちゃぷん、ちゃぷん、と、跳ねるような水音が楽しげに響く。

――〈帝都〉へ到着した、三日目の早朝。

ひさしぶりに元の姿に戻ったシャーリは、ひとりでお風呂を楽しんでいた。

普段は〈影の王国《レルム・オヴ・シャドウ》〉の中にある、沐浴《もくよく》のための泉で身を清めている彼女だが、せっかく高級ホテルに宿泊しているので、リーセリアの部屋にある、ジャグジー風呂を勝手に堪《たん》能《のう》しているのだった。

「ふんふんふーん♪」

昨日から、レオニスの姿に変身していたため、全身に違和感がある。

もちろん、レオニスの身代わりを任されたことは光栄だが、バレないように振る舞うのは、なかなかストレスのたまる任務なのだ。

足をぴん、と伸ばして、ふくらはぎの凝りをほぐす。

浴槽に散らした薔薇《ばら》は、ほのかに甘い香りがする。

リーセリア・クリスタリアが起きる前の安息のひとときだ。

それにしても——

(……異常な成長スピードですね、彼女は)

レオニスの魔術により、〈不死者《アンデッド》〉として甦《よみがえ》ったのは、ほんの数ヶ月《すうかげつ》前のこと。

最高位の〈吸血鬼の女王《ヴァイパイア・クイーン》〉とはいえ、彼女はすでに、第二階梯《かいてい》の攻撃魔術まで使いこなしつつある。レオニスや、ログナス三勇士による英才教育のおかげでもあるのだろうが、彼女の素質が飛び抜けていることは間違いない。

……素質というか、根性？

どんなハードな訓練にもついてくるので、教え甲斐《がい》がある。

シャーリの知る影の王国の貴族階級とは、随分違うようだ。

(——認めたくないですが、魔王様が気に入るのもわかるというものです)

しかし、おかげで、シャーリのほうもくたくただ。

ただでさえ、〈帝都〉の調査、〈魔王軍〉配下の〈狼魔衆《ろうましゅう》〉の統率、お菓子屋さんのアルバイトもあるというのに。

(魔王様がご帰還されたら、特別報酬のドーナツを要求しましょう。そ、それとも、あ、頭を撫《な》でてもらったり？)

頬《ほお》がカアッと赤くなる。水面に顔の半分をうずめ、ぶくぶくと泡をたてる。

(魔王様、いつ戻って来られるのでしょうか……?)

――と、その時。

「レオ君?　お風呂に入ってるの?」

「……っ!?」

浴槽の外で、リーセリアの声が聞こえた。

(もう早起きに対応した!?)

……驚くべき順応力だ。昨日はすぅすぅ眠っていたのに。

「い、いま上がりますので!」

と、レオニスの声音に変えて返事をすると、ザパァッと立ち上がった。

「あ、大丈夫よ。わたし、朝はシャワーを浴びるだけだから」

「そ、そうですか……って、えええええっ!?」

ガララッ、と横開きの扉を開け、裸身のリーセリアが入ってくる。

ほのかな湯煙の中に、白銀の髪が揺れて――

「ふ、ふあああっ、ナンデ!?　なんで入ってくるんですか!」

「……?　レオ君はいつも一緒に……え?」

その瞬間。リーセリアの蒼氷《アイスブルー》の瞳が大きく見開かれた。

「……お、女の子!?」

（……～っ、も、申し訳ありません、魔王様～！）
湯船の中で、シャーリの顔がひきつった。
……――。
「ふふっ、驚いた。まさか、レオ君の正体が、こんなに可愛《かわい》い女の子だったなんて」
ドライヤーで髪を乾かしながら、リーセリアはシャーリのほうを振り向いた。
「ふ、不覚……影に生きるわたしの正体が……」
ベッドに腰掛けたシャーリは、両手で頭を抱え、独り言を呟《つぶや》いている。
レオニスの似姿ではなく、普段のメイド服姿だ。
……今さら誤魔化《ごまか》すのは無理なので、いっそ開き直っていた。
（油断しました。これまで、完璧に隠し通していたのに……）
実際はあまり完璧に隠し通せていないのだが、シャーリはそう思い込んでいた。
チラッと視線を上げてリーセリアを見る。
（正体を見られた以上は、消すのが暗殺者の流儀、ですが――）
シャーリの黄昏《たそがれ》色の瞳が、キランと剣呑《けんのん》な光を帯びた。
彼女の所属していた暗殺組織〈七星〉には、〈不死者《アンデッド》〉を殺すための術もある。
――が、無論、主《あるじ》の眷属《けんぞく》たる彼女を消すわけにはいかない。
（はあああ、魔王様に怒られてしまいます……）

再び頭をかかえて落ち込んでいると、ドライヤーの音がピタッと止《や》んだ。

リーセリアは、シャーリのほうへ近付いて、顔を覗《のぞ》き込んでくる。

「ええっと、どこかで会ったこと、あるわよね」

「そ、そんなはずはありませんっ、私は影に潜んでいましたので」

「寮の部屋で、メイドさんの幽霊を何度か見たことがあるわ」

「……気のせいです」

シャーリは、ふいっと目を逸《そ》らした。

「わかった。そういうことにしておくわね」

リーセリアは微笑《ほほえ》むと、膝を伸ばして立ち上がった。

「それじゃ、訓練に行きましょうか、レオ君」

◆

――〈竜王〉、〈海王〉、そして、〈不死者の魔王〉。

世界を恐怖と破滅に陥れた三人の〈魔王〉は、異世界の空を飛び続けた。

一昼夜飛び回ってわかったのは、〈異界の魔神〉によって転送されたこの異世界には、元の世界のような青空がない、ということだ。

太陽は存在するため、昼夜の区別はあるものの、日中と思われる時間でさえ、空は血のように赤く、垂れ込める鈍色《にびいろ》の雲の下では、濃い虚無の瘴気《しょうき》が渦巻いている。

「――しかし、地獄のような世界だな、ここは」

羽ばたく〈屍骨竜《スカルドラゴン》〉の頭上から地表を見下ろし、レオニスは呟《つぶや》いた。

レオニスは以前、〈常闇の女王《ダーク・ロード》〉と戦う為、〈最後の山脈〉の地底深くにある〈黄泉《よみ》の国〉に軍勢を進めたことがあるが、死の気配に満ちたその〈黄泉の国〉でさえ、この世界ほど陰鬱な感じはしなかった。

――すべての存在が、〈虚無〉に支配された世界。

（あるいは、元の世界に現れる〈ヴォイド〉は、この異世界から襲来しているのか？）

ふと、そんな仮説が脳裏をよぎる。

〈ヴォイド〉――太古の魔物のような姿をした、正体不明の化け物。

もし、〈ヴォイド〉が、この異世界で生まれた存在なのだとすれば――

（――その発生原因を突き止《と》める、いい機会かもしれんな）

その時。くぅ、とレオニスのお腹《なか》が鳴った。

「なんだ、レオニスよ。空腹なのか？」

リヴァイズ・ディープ・シーが首を傾《かし》げた。

「これは不可思議。あの〈不死者の魔王《アンデッド・キング》〉が、定命の者のように空腹を覚えるとは」

振り向くと、彼女は興味津々《しんしん》な様子でレオニスを見下ろしている。

「ふん、〈海妖精族《シー・スプライト》〉は、海の魔力を体内に蓄《と》えるのだったな」

「その通りだ。しかし、まったく食物を摂らぬ、というわけではない。〈海底大要塞〉が健在であった頃は、〈深海の民〉の供する贄《にえ》を馳走《ちそう》になっていたぞ」

「ちょっと、二人でなにを話しているの？」

前を飛ぶヴェイラが速度を落とし、〈屍骨竜〉の横に並んだ。

「竜の小娘、おぬしは腹は減らぬのか」

「……そうね。そういえば、三日以上、なにも食べてないわ」

訊《たず》ねるリヴァイズに、ヴェイラがぐるる、と低く唸《うな》る。

「あの魑魅魍魎《ちみもうりょう》は食わぬのか？」

「……〈海王〉、あんた馬鹿にしてんの？　あんなもん食べないわよ！」

（……〈ヴォイド〉の群れを喰《く》い千切っていた気がするが）

レオニスは首を傾げるが、あれは食ったうちには入らないのだろう。

そういえば、〈帝都〉を飛び立って以降、ヴェイラは休まず飛び続けていた。

無論、〈魔王〉ともなれば、食事や睡眠などを取らなくても、生命を維持することは出来るのだろうが、だからといって、空腹にならぬわけではないだろう。

「――ふむ。少し、休むか」

「あたしはまだ飛べるわよ」

「俺の腹が減ったんだ。まったく、人間の肉体というものは度しがたい――」

レオニスは〈屍骨竜《スカルドラゴン》〉の頭部に立ち、〈遠見〉の魔眼で地上を見回して――

と、視線の先に、あたりを見渡すことのできる丘を発見する。

「あそこに降りるぞ」

◆

異界の空に夜の帳《とばり》が降りると、禍々《まがまが》しく赤い空は黒く塗り潰された。

三人の〈魔王〉は荒野の丘で、永遠に燃え続ける魔法の炎を囲んだ。

「……レオニスよ、これはなんだ？」

リヴァイズが、首を傾《かし》げてレオニスに訊《たず》ねた。

彼女が手にしているのは、レオニスが〈影の領域〉より取り出した缶詰だ。

「人類の生み出した叡智《えいち》だ。食してみるがいい」

缶詰の蓋を開けながら、なぜか自慢げに言うレオニス。

〈ヴォイド〉の〈巣《ハイヴ》〉の調査部隊が携行する、軍の糧食である。

レオニスの影は、〈帝都〉を出発する際、〈影の王国《レルム・オヴ・シャドウ》〉の領地の一部を切り取ってきたものだ。現在、〈影の王国〉の管理はシャーリに一任している。

〈影の領域〉の容量は限られているため、あまり多くの食糧は持ち運べなかった。

とはいえ、数日間は食いつなげるだけの糧食はある。

揺らめく炎の前に、いろいろな種類の缶詰が、蓋を開けて並べられた。

白身魚の水煮にコンビーフ、煮豆、ピラフ、カレー風味のスープ、干した果物入りのマフィン、豆のシチュー、プディングもある。

「……ふむ」

リヴァイズはスプーンを使い、コンビーフを口に運んだ。

「なるほど。これは美味だな」

「美味《おい》しいけど、ちょっと物足りないわね」

と、岩場を背に座るヴェイラが口を開く。

「牛三頭くらい、どこかにいないかしら」

「ほう、ドラゴンは牛を食べるのか？」

「そうよ。火の吐息で山ごと焼いて、一番良く焼けた牛を食べるの」

「〈リヴァイアサン〉は、鯨をひと呑《の》みにするぞ」

「鯨も好物よ。一頭丸ごとは、さすがに呑み込めないけど」

レオニスは、そんな魔王どうしの会話に呆《あき》れた眼差《まなざ》しを向けた。

「牛どころか、〈ヴォイド〉以外に、生命のあるものはいないようだがな」

あの〈虚無〉の怪物どもが、はたして、生命なのかどうかは不明だが。

と、リヴァイズは、煮豆を食べるレオニスのほうを見た。

「〈不死者の魔王《アンデッド・キング》〉が食事をとるのを、初めて見た」

「もう慣れた」

煮豆を咀嚼《そしやく》しつつ、レオニスはそっけなく答える。豆はそれほど好きではないのだが、野菜をとらないと、眷属《けんぞく》の少女に小言を言われてしまうのだ。

「ふむ、そんなものか」

リヴァイズは頷《うなず》いて、缶詰を食べるレオニスを物珍しそうに眺めると、

「それにしても、魔導を極めた汝《なんじ》が、転生の魔術に失敗するとはな」

「……放っておけ」

レオニスは憮然《ぶぜん》として言った。

「そもそも、汝は〈不死者《アンデッド》〉であろう。転生などせず、我のように一〇〇〇年の間、眠り続けていればよかったのではないか？」

「それはできん。俺は〈女神〉の生み出した、特別な〈不死者〉なのでな」

転生の魔術によって復活することは、女神が彼に遺《のこ》した指示だった。

ロゼリア・イシュタリスは、勇者レオニス・シェアルトを不死者として甦《よみがえ》らせた際、人

間の魂をそのままの形で遺した。

だが、勇者の魂は不死者の肉体と馴染《なじ》まず、時の経過と共に摩耗してしまう。

故に、レオニスが一〇〇〇年の時を超えるためには、一度魂を〈不死者〉の肉体より切り離し、二段階の転生をするという方法を取らざるを得なかったのだ。

……しかし、たしかに、リヴァイズの疑問も、もっともではあった。

レオニスは、自身の手に目を落とし、嘆息した。

第十三階梯《かいてい》の超高位魔術とはいえ、このような形でしくじることになるとは。

せめて、もう少し成長した姿。全盛期の勇者の姿で甦っていたなら、リーセリアやレギーナに、子供扱いされることもなかっただろうに。

◆

缶詰の夕食を食べたあと、今後の方針を話し合うことにした。

「奴《やつ》がどこに消えたのか、見当もつかんな」

レオニスは腕組みして、星の輝く夜空を振りあおいだ。

この世界が、どれほどの大きさなのか、それさえもわからない。

やはり、まったく手がかりなしで追うのは困難だろう。

〈手がかりとなり得るのは、やはりあの〈天空城《アズール・フォート》〉か――〉

『あの遺跡こそ人類の都市の原型《オリジナル》、星に至る〈門〉――』と、奴《やつ》は言った。

――あの言葉は一体、どういう意味なのか？

〈天空城〉とは、ただの空中要塞ではないのだろうか――？

「ヴェイラよ。〈天空城〉が、次元間を移動できることは、知っていたのか？」

「し、知らなかったわよ、そんなの」

訊《き》くと、ヴェイラはなぜかふて腐れたように、ふいっと顔を背けた。

「〈天空城〉は、あたしより数世代も前のグレート・ドラゴンの長老達《たち》が、地底で発見した古代遺跡よ。長老達は遺跡の機能を解析して、あれが空に浮遊することを知った」

「誰が作ったかわからぬものを、拠点として使っていたのか？」

リヴァイズが呆《あき》れたように眉をひそめる。

「偉大なドラゴン種族は、そんな細かいことを気にしないのよ」

「少しは気にしたほうがいいと思うがな」

レオニスは半眼で呟《つぶや》いた。

「たしかに、あの〈天空城〉には、あたしたちドラゴンも解明できない、不思議な古代の装置があったわ。その一つが、星の動きを記録する天体観測装置《アルマゲスト》よ」

ヴェイラの口にした、その装置のことは、レオニスも知っている。

そもそもヴェイラは、〈天体観測装置《アルマゲスト》〉で星の配置の変化を観測するために、海に沈んだ〈天空城〉を探し回っていたのだ。

（……星に至る〈門〉、か）

と、レオニスは胸中で呟く。

「なんにせよ、奴は〈天空城〉の本来の機能を知っていた、と考えるべきだろうな」

「あの人間、一体、何者なのかしら――」

憎々しげに唸《うな》るヴェイラに、

（……そういえば、まだ話していなかったな）

と、レオニスは今更ながらに気付く。

「あれは、おそらく異界の魔神――〈アズラ＝イル〉だ」

「なんですって!?」

ヴェイラが眉を吊《つ》り上《あ》げ、リヴァイズがわずかに目を見開く。

「確証はない。これは俺の推論だが――」

と前置きして、レオニスは自分の考えを話した。

……――。

「――なるほど。たしかに、〈異界の魔神〉は人間の器に憑依《ひょうい》することがあったわね」

話を聞き終えたヴェイラは、納得したように頷《うなず》いた。

精神生命体である〈アズラ＝イル〉は、生物の肉体に憑依《ひょうい》しなければ、その姿を維持することができない。

その対象は人間である必要はないはずだが、魔神は人間に憑依することを好んだ。

「あの人間の正体が〈アズラ＝イル〉だとすると――」

と、リヴァイズが言った。

「奴《やつ》は〈天空城《アズール・フォート》〉と〈魔王〉を使って、何を目論《もくろ》んでいる？」

「……さあ、な」

揺れる焚火《たきび》の炎の前で、レオニスはかぶりを振った。

……謎はそれだけではない。これは、二人には話していないことだが。

（――奴が憑依していたのは、リーセリアの父、クリスタリア公爵だった）

偶然、などではあり得まい。何か理由があるはずだ。

（クリスタリア公爵は、古代の〈魔王〉のことを研究していた）

すでに絶えたはずの〈魔王〉の伝説を研究し、一部の古代文字まで解読していた。

おかげで、古代の碑文を解読したリーセリアに、正体がバレるところだったのだ。

あるいは――

（クリスタリア公爵自身が、なんらかの方法で〈異界の魔神〉を召喚したのか？）

そうだとすれば、クリスタリア公爵の意思は遺《のこ》っているのか――？

〈奴は〈聖剣〉の力を使ったが――〉

〈聖剣〉は、人類にのみ宿る力だ。

はたして、憑依した〈アズラ＝イル〉が、その力を振るえるものだろうか。

「……レオ？」

怪訝《けげん》そうに首を傾《かし》げるヴェイラに、レオニスは答えた。

「奴の目的は、いま考えてもしかたあるまい。奴自身を捕らえねばな」

「ま、それもそうね――」

ヴェイラは形のいい脚を地面に投げ出した。

「けど、あいつだけ、元の世界に移動してる可能性もあるわよ」

「いや、その可能性は低いだろう」

言って、レオニスは仰向《あおむ》けに横たわった。

「次元間の転移は、〈異界の魔神〉とて、簡単にはできまい。奴一人ならば可能だろうが、〈天空城〉ほどの巨大質量を転移させるとなると、それなりに準備が必要なはずだ。神出鬼没と恐れられた〈異次元城〉も、そう自在に転移できたわけではない」

「いずれにせよ、早く見つけないと――ってことね」

「そうだな――」

レオニスは仰向けになったまま、夜空に手を伸ばした。

星の配置の異なる、異世界の空を。

（……しかし、どうしたものか）

微睡《まどろ》みの中で考えるのは、〈帝都〉に残してきた眷属《けんぞく》の少女のことだ。

クリスタリア公爵。彼女の父親が生きていたと、彼女に話すべきだろうか——？

彼女の声。抱き締める腕の感覚。髪を撫《な》でる指先を恋しく感じる。

……馬鹿な。これでは、まるで——

（まったく、度しがたい……）

胸中で呟《つぶや》いて、レオニスは瞼《まぶた》を閉じた。

そういえば、シャーリは、影武者としてうまくやっているだろうか。

……それに関しては、そこはかとなく不安だった。

◆

「本日の基礎訓練、おわりましたっ！」

はあっはあっ、と肩で息をしつつ、リーセリアは公園の入り口に戻って来た。

「……もうですか？」

レオニスの姿をしたシャーリが立ち上がり、思わず眼《め》を見開く。

ベンチの上の〈影の砂時計〉をチラッと見るが、影はまだ十分に残っている。

初日よりも、かなり早いペースだ。

魔力放出の加減を、身体《からだ》が覚えはじめて来たのだろう。

（……さすがは〈吸血鬼の女王《ヴァインパイア・クィーン》〉。類い希《まれ》な資質ですね）

シャーリは〈封罪の魔杖《まじょう》〉のレプリカを、とんと地面に打ち付けて、

「いいでしょう。では、次のステップに進みましょうか」

「次のステップ？」

「ええ、魔力のコントロールです」

「……は、はいっ！」

勢いよく頷《うなず》くリーセリア。

だが、さすがに魔力を使い果たしたのか、まだ立ち上がれないようだ。

シャーリは、少し考えて――

「その前に、特別に吸血を許可しましょう」

倒れ込むリーセリアの前に、すっと指先を差し出した。

「……いいの？」

「魔力が枯渇した状態では、次の訓練に進めませんので」

「そう、それじゃあ……」

リーセリアはこくっと喉を鳴らすと、シャーリの指先を口に含んだ。

「痛っ……ちょっと、吸い過ぎです！」

「あ、ご、ごめんね……ちょっと、加減を忘れてて」

「……～っ、す、少しは、遠慮というものはないのですか」

「でも、レオ君はたくさん吸わせてくれるわ」

「……～っ、あ、あの御方《おかた》は、あなたに甘すぎるんですっ！」

腰に手をあて、ぷんすか怒るシャーリだった。

かぷっ。かぷかぷっ。

「……んっ……ひゃ……う……」

レオニスの姿をしたシャーリが、悩ましげな声をあげる。

やがて、指先を噛《か》むリーセリアの白銀の髪が、淡く魔力の光を帯びはじめた。

「も、もう十分でしょう」

「……う、うん、ありがとう」

リーセリアはまだ物足りなそうな顔だが、これ以上吸われてはたまらない。

「では、これより魔力を制御する訓練に入ります」

シャーリは、こほんと咳払《せきばら》いして告げた。

「あなたは〈吸血鬼の女王《ヴァインパイア・クイーン》〉――不死者《アンデッド》の中でも最強の種族です」

「……そ、そうなの？」

「そうです。正直、魔力に関しては、今の時点ですでに私を超えています」

リーセリアが蒼氷の眼《アイスブルーめ》を見開く。

「それじゃあ、わたしもレオ君と同じ位、強くなれるの？」

「調子に乗らないで下さい」

「あ痛っ！」

シャーリは思わず、杖《つえ》でリーセリアをぽかっと叩《たた》いた。

「あの御方は別格です。敢《あ》えて比べるなら、太陽とヤブ蚊です」

「ヤブ蚊……」

リーセリアはショックを受けたように固まった。

「わ、わたし、そんなに手当たりしだい血を吸わないもん……」

と、そんな抗議の声を無視して、シャーリは続ける。

「いまここで、〈真祖のドレス〉の力を解放してみてください」

「……え？」

リーセリアは戸惑いの声を上げた。

「せっかく魔力を補給したのに、すぐ力尽きてしまうわ」

「ええ、そうでしょうね。だからこそ、です」

「……？」

「今のあなたは、〈真祖のドレス〉の本来の力を引き出せていません。〈真祖のドレス〉には、着用者の魔力を貪り、肉体を強化する権能とはべつに、魔力の流れを循環させ、魔術の威力を数倍にも高める権能もあるのです」

「え、ええっと……」

「ピンと来ていないようですね。まあいいでしょう」

シャーリは嘆息して、肩をすくめた。

「──とにかく、魔装顕現《ドレスアップ》してください」

「ドレスアップ……わ、わかったわ」

リーセリアは頷《うなず》くと、空気を吸い込み、魔力を一気に解放した。

ほとばしる魔力。

瞬間。血のように紅《あか》い、真紅のドレスが、彼女の全身を包み込むように顕現する。

「さすがに、凄《すさ》まじい魔力ですね──」

「……っ、けど、この状態……そんなに、維持できないわ──」

リーセリアは苦悶《くもん》の表情を浮かべ、その場に膝を突く。

このままでは魔力を貪り食われ、一分と保《も》たずに意識を失うだろう。

「その状態のまま、身体《からだ》の中で魔力を循環させてください」

「……っ、そ、そんなこと……この状態じゃ、無……理……」

苦しそうに、喘《あえ》ぎはじめるリーセリア。

蒼氷《アイスブルー》の瞳は紅く爛々《らんらん》と輝き、渇きによる抑えがたい吸血衝動が彼女を襲う。

「……しかたありませんね」

シャーリは一歩、近付くと――

ビシッ――と、彼女の額を、ひと差し指で突いた。

「……痛っ！　……～っ、な、なにするの！」

「魔力を集中できるよう、点穴を突きました。本来は暗殺のための技ですが――」

「あ、暗殺？」

「〈死告殺〉という技です。魔力の集まる箇所を突き、標的を死に至らしめます」

「ええっ⁉」

「あなたはもう死んでいるので、ご心配なく」

シャーリはしれっと言った。

「はあ……」

「それより、額に魔力を集中させてください」

「え、ええ……」

リーセリアは頷くと、瞼《まぶた》を閉じて、じんわりと痛む額に集中した。

《吸血鬼の女王》の莫大な魔力が、額の一点に集まる。

やがて、暴風のように荒れ狂っていた魔力は、彼女の肉体を循環しはじめた。

「そうです、そのままの状態をしばらく維持してください」

「くっ……わ、わかった……わ……」

魔力を帯びた白銀の髪が眩《まばゆ》く輝き、瞳の色は完全に赤くなる。

――そのまま、数秒間が過ぎたところで。

「……っ、も、もう……だ、め――」

〈真祖のドレス〉がぶわっとはためき、魔力が焔《ほのお》のように噴き上がった。

「はあっ、はあっ、はあっ……」

訓練着姿に戻ったリーセリアは、糸が切れた人形のように地面に倒れ込んだ。

「上出来です。最初はそんなものでしょう」

シャーリは屈《かが》み込み、倒れたリーセリアに声をかける。

「残りの日数は、基礎訓練に加えて、この訓練を続けてもらいます。訓練の時だけでなく、普段から今の魔力循環の感覚を身に付けてください」

……だが、返事はない。

リーセリアは、完全に意識を失っていた。

「――やはり、根性はありますね」

シャーリは肩をすくめ、彼女を抱き起こした。

◆

〈セントラル・ガーデン〉の行政地区に、特徴的な八角形の屋根の建物がある。

――〈聖エルミナス修道院〉。

〈統合帝国〉の国家宗教である、〈人類教会〉の運営する、聖剣士養成校。

〈第〇七戦術都市《セヴンス・アサルト・ガーデン》〉の〈聖剣学院〉、〈第〇二戦術都市《セカンド・アサルト・ガーデン》〉の〈教導軍学校〉と比すれば、その規模ははるかに小さいものの、徹底した少数精鋭の教育方針により、出身者の聖剣士は、対〈ヴォイド〉の最前線に投入される。

八角形の建物の中心部。大聖堂のホールに、四人の少年少女が集められていた。

純白の聖服を身に纏《まと》う、〈聖剣剣舞祭〉の代表選手。いずれ劣らぬ強力な〈聖剣〉の所有者《ホルダー》であり、〈ヴォイド〉との戦闘経験も豊富な、最精鋭のメンバーだ。

しかし、彼等の眼《め》にはまったく生気が宿っておらず、まるで幽鬼のように、虚脱した状態で立ち尽くしている。彼等の特徴である、〈聖剣〉と〈人類教会〉への熱狂的な信仰は、完全に消《き》え失《う》せているようだった。

「こちらで厳選した者たちです。気に入っていただけましたか」

白髪の青年司祭がにこやかな笑みを浮かべ、祭壇の前に立つ女に頭《こうべ》を垂れた。

「どうでもいいわ、所詮は人形にすぎぬのだし」

イリス・ヴォイド・プリエステス。

聖堂に似つかわしくない、漆黒のドレスを纏《まと》った〈闇の巫女《みこ》〉は、並んだ少年少女を値踏みするように眺め回し、やがて、一人の小柄な少女に視線をとめた。

「――けど、そうね。せっかくだし、見目の整った子がいいわねぇ」

まるでお気に入りの宝飾品を選ぶように、少女の顎先をくいっと持ち上げる。

満足そうに頷《うなず》いた彼女は、わずかに身を屈《かが》めると――

ずぶり、と少女の喉笛に牙を突き立てた。

「……あ、ああ、あ……ああ……」

少女は初めて、声を上げた。両手をだらりと下げたまま、恍惚《こうこつ》の表情を浮かべ、為《な》すがままに吸血行為を受け入れる。

可憐《かれん》な顔が血の気を失って青ざめ、皮膚が渇き、骨と皮ばかりの人形になる。

「……ふ、あはぁ……なかなか、美味だったわ」

朽ち木のようになった少女の肉体が、床にくずおれた。

たっぷりと血を吸った〈闇の巫女〉は、ぺろっと唇を舐《な》める。

〈闇の巫女〉の姿は、たったいま血を吸った〈聖剣士〉の少女に変貌していた。

第六章　虚無女神

Demon's Sword Master of Excalibur School

『……レオ……レオニス――』

声が聞こえる。懐かしい、彼女の声。

ずっと焦がれていた、彼女の声が――

『――来て……くれたんだね……レオニス』

「ロゼ……リア……？」

何も見えない、無窮の闇の中で、レオニスは必死に手を伸ばす。

けれど、その手はどこにも届かない。

『わたしはここにいるよ。ずっと、君のそばに――』

……だから、レオニス。

『はやく……わたしを、見つけて――……』

……――微睡《まどろ》みの中で、レオニスは目を覚ました。

「……う、ん……」

起き上がり、瞼《まぶた》を擦《こす》る。前髪がくるっと跳ねて、ぴんと立ち上がった。

どれほど意思の力が強かろうと、十歳の子供の肉体は睡眠を要求してくる。

……食事をしたあと、少し眠ってしまったようだ。

（……ひさしぶりだな、彼女の夢をみるのは）

ゆっくりと頭を振りながら、起き上がる。

まだ夜明け前のようだ。魔法の火は燃え続けている。

ふと視線を感じて、レオニスは振り向いた。

と、そばに屈《かが》み込んだリヴァイズが、レオニスをじっと見つめていた。

「……っ、な、なにをしている⁉」

レオニスがあわてて声をあげると、

「なに、〈不死者の魔王《アンデッド・キング》〉のあどけない寝顔など、なかなか見られるものではないからな。

なにやら、寝言を呟《つぶや》いていたようだが」

「……っ⁉」

「可愛《かわい》かったわよ、レオ。ほら――」

焚火《たきび》の向こうに座るヴェイラが悪戯《いたずら》っぽく微笑する。

そして、レオニスの端末の画面を見せてきた。

画面には、すぅすぅ眠るレオニスの寝顔の写真が映し出されていた。

「か、返せ！」

レオニスは顔を真っ赤にして、端末をひったくる。

ヴェイラはくすくす笑うと、立ち上がって魔法の火を消した。

「夜が明ける前に、出発するわよ」

「そうだな……」

レオニスは苦々しく頷《うなず》くと、岩に立てかけた〈封罪の魔杖《まじよう》〉を手に取った。

――と、その時。

リイイイイイイイイイイイイイイ――

突然。〈封罪の魔杖〉が、共鳴するような音をたてて鳴り響いた。

「……な、に!?」

レオニスはハッとして、魔杖を見つめた。

否、共鳴しているのは魔杖ではない。

〈封罪の魔杖〉に封印された、〈女神〉の魔剣〈ダーインスレイヴ〉だ。

「どういうことだ……?」

共鳴の音は止《や》まない。

不意に、レオニスの脳裏に、声が聞こえて来た。

――来て――くれた……愛《いと》し子《ご》――

……約束……守……て、くれた――

「……っ……う……！」

「ちょっと、どうしたの、レオ？」

「なにがあった？」

ヴェイラとリヴァイズが、怪訝《けげん》な表情で訊《たず》ねてくる。

「──ロゼリア……」

「え……？」

「ロゼリアの声……が、聞こえた」

レオニスは〈封罪の魔杖《まじょう》〉を掴《つか》み、直感的に、声の聞こえたほうを見据《みす》えた。

荒野の果てに、連なる山脈があった。

「──あの先だ」

◆

「──〈女神〉の声が聞こえたって、どういうこと？」

「……わからん。だが、この〈魔剣〉が共鳴しているのは間違いない」

夜の闇の中。羽ばたく〈屍骨竜《スカルドラゴン》〉の上に立ち、レオニスは前を飛ぶヴェイラに答えた。

あの声は、一度だけしか聞こえなかったが──

握り込んだ〈封罪の魔杖〉は、まだ共鳴を続けている。

以前、魔剣〈ダーインスレイヴ〉が共鳴したのは、〈廃都〉で、〈六英雄〉の〈聖女〉ティアレス・リザレクティアとまみえた時だ。聖女は〈女神〉の転生体ではなかったが、なぜかロゼリアの因子の一部を宿していた。

しかし、なぜ、別次元にあるこの世界で、〈魔剣〉が反応したのか――

剣のような山脈を越えると、その先に森が広がっていた。

「この世界にも森があるのか」

「うむ、だがあの森は――」

「ああ、死んだ森だ」

呟《つぶや》くリヴァイズに、レオニスは答える。

眼下に広がる森は虚無の瘴気《しょうき》に汚染され、生命の気配は一切無い。

にもかかわらず、なにか、森自体が不気味に蠢《うごめ》いているような感覚があった。

まるで森そのものが、〈ヴォイド〉と化しているようだ――

「レオ、あれを見て――！」

ヴェイラが叫んだ。

「森の中に、遺跡があるわ――」

レオニスは〈遠見〉の魔術で、ヴェイラの視線の先を追う。

——と。虚無の瘴気《しょうき》に満ちた森の中に埋もれるようにして、それはあった。

崩れ落ち、奇妙な樹木に侵蝕《しんしょく》された、巨大な石造りの城砦跡《じょうさい》だ。

その遺跡を見て、レオニスは思わず、目を見開く。

「……あれは……待て、そんな馬鹿な！」

それは、見覚えのある城砦跡だった。

「どうしたのだ、〈不死者の魔王《アンデッド・キング》〉よ——」

リヴァイズが訊《たず》ねてくる。

「あれは、〈獣王〉——ガゾス＝ヘルビーストの〈鉄血城《アイゼン・フォート》〉だ！」

「……なんだと？」

◆

時の流れの止《と》まった、無窮の闇の中で——

古《いにしえ》の時代に英雄と呼ばれた〈虚無の王〉は、眠りから目覚めた。

それは、予定外の覚醒であった。先の戦いで、彼の負った傷は完全には癒えておらず、本来であれば、まだ眠り続けているはずであった。

——だが、声が聞こえたのだ。

彼の宿敵たる〈女神〉の声が――
オ、オ、オオオオオオオオオオオオオッ――――！
闇を引き裂いて、〈虚無の王〉が咆哮《ほうこう》した。

◆

――〈獣王〉ガゾス＝ヘルビースト。

〈魔王軍〉第三師団〈超魔獣軍団〉を率い、自らも最前線で戦った破壊の魔王。

その獣王が拠点とした〈鉄血城《アイゼン・フォート》〉は、王国攻略の要となる場所に築かれた、〈魔王軍〉最大の要塞であった。

その要塞も、〈魔王戦争〉末期に〈六英雄〉の連係攻撃によって攻略され、〈獣王〉自身もまた、〈剣聖〉に一騎打ちを挑み、魔王に相応《ふさわ》しい最後を遂げた。

廃墟《はいきょ》となった〈鉄血城《アイゼン・フォート》〉の残骸の前で、レオニスは息を呑《の》んだ。

「……間違いない。ここは〈獣王〉の城だ」

苔《こけ》生《む》した石壁は倒壊し、なかば地中に埋もれている。だが、同盟者として何度も訪問したこの城を、レオニスが見間違えるはずがなかった。

「そのようね。ここは、たしかにガゾスの城よ」

と、少女の姿に変化したヴェイラも頷《うなず》く。

彼女も、目の前の光景に戸惑っているようだ。

「どういうことだ？　ここは別の世界ではなかったのか!?」

……レオニスもまた混乱していた。

何故ここに、一〇〇〇年前のレオニス達《たち》の時代の遺跡が存在するのか。

(次元転移したのではなく、元の世界の別の場所に飛ばされただけなのか？)

しかし、とてもそうは思えない。血のように赤い空も、虚無の瘴気《しょうき》に覆われ荒廃した大地も、元の世界とはあまりに様相が異なる。

「ふむ、よくわからんな……」

リヴァイズが首を傾《かし》げる。

「とりあえず、中に入ってみるわよ」

ヴェイラは軽くステップすると、ズガンッと崩れかけた石壁を蹴り壊した。

城砦《じょうさい》の内部は、城壁に比べればまだしも原型をとどめていた。

ここを陥落させた王国の連合軍は、徹底的に破壊するよりは、前線基地として利用したほうがいいと考えたのだろう。

陥落した後、数百年は、実際に人間どもの城として使われたのかもしれない。石造りの壁のあちこちに、補修のあとが見てとれた。

（……石壁の一部は、いまだに魔力を放っているようだな）

レオニスは目敏《めざと》く発見する。

廃墟《はいきょ》と化している外の城壁に比して、経年劣化が少ないのはその所為《せい》だろうか。

「〈獣王〉は、ここで死んだのか？」

と、リヴァイズが訊《たず》ねた。

「いや、ガゾス＝ヘルビーストは、〈鉄血城《アイゼン・フォート》〉が攻略された後、ブラッド・ファング平原で〈剣聖〉に一騎打ちを挑み、殺されたはずだ」

「そうか。打ち捨てられているのなら、骨でも拾ってやろうと思ったが」

「骨があれば、俺が貰《もら》うぞ。〈獣王〉のスケルトンは、是が非でも欲しい」

そこは譲れないレオニスである。

ブラッド・ファング平原にも足を伸ばそうかと考えたが、今はそれどころではない。

手にした〈封罪の魔杖《まじょう》〉は、共鳴し続けている。

廃城の奥へ進めば進むほど、強く、呼んでいるように感じた。

（……ロゼリア、なのか？）

城の地下へ続く通路を、魔杖の尖端《せんたん》に灯《とも》した焔《ほのお》が照らしだす。

――なぜ、別次元にあるはずのこの世界で、〈魔剣〉が共鳴するのか？

――〈獣王〉の居城が存在しているのか？

（……アズラ＝イルめ、絶対に捕らえ、聞き出してやるぞ）

地下深くまで下ると、巨大な門があった。

門は閉ざされており、魔術で固く封印されているようだ。

門の前で〈封罪の魔杖《まじょう》〉を翳《かざ》すと、共鳴はより強くなった。

レオニスは壁に触れ、そこにかけられた魔術を解析した。

「封印魔術か。封印をほどこしたのは獣王ではないようだが」

十重二十重《とえはたえ》にかけられた封印を、解呪しようと印を切ると、

「面倒ね。ていっ――〈竜王破山撃《りゅうおうはざんげき》〉！」

ズドオオオオンッ！

おもむろに、ヴェイラが扉を蹴り飛ばした。

巨大な扉が吹き飛び、派手な音をたてて粉々に砕け散った。

砂煙が舞い上がり、視界を覆い尽くす。

「……っ、ヴェイラ、乱暴だぞ」

「ドラゴンはね、まどろっこしいのは嫌いなの」

「それについては、我も同感だ――」

三人の〈魔王〉は、扉の先に目をこらした。

「……!?」

砂煙が晴れた、そこに現れたのは――

光を反射しない、漆黒のクリスタルのピラミッド。

「……〈女神〉の祭壇だと!?」

〈死都《ネクロゾア》〉の地下神殿にあったものほど、大きくはない。棺《ひつぎ》ほどの大きさだ。

〈魔王軍〉が〈女神〉の託宣を授かるための装置。

「はて、不思議だな――」

と、リヴァイズが呟《つぶや》く。

「なぜ、ここに〈女神〉の祭壇がある？」

「ああ……」

と、レオニスも頷《うなず》く。

たしかに、〈女神〉の祭壇は〈魔王軍〉の各拠点に存在し、無論、この〈鉄血城《アイゼン・フォート》〉にも一基設置されていた。

しかし、王国連合軍に攻略された拠点の〈祭壇〉は、〈死都〉の〈女神神殿〉に秘匿された一基を除き、すべて跡形もなく破壊されたのだ。

そう、ここに〈女神〉の祭壇が存在しているはずがないのである。

「〈異界の魔神〉が、ここに祭壇を造った、とは考えられぬか」

「……そうだな。あり得る話だが」

レオニスは短く頷《うなず》く。〈アズラ＝イル〉のロゼリアに対する忠誠を考えれば、この世界に、失われた祭殿を建立してもおかしくはない。

「それ以前に、この世界に〈鉄血城《アイゼン・フォート》〉があること自体がおかしいわ」

「確かにな」

レオニスは一歩、前に踏み出すと、漆黒のクリスタルの壁面に触れた。

〈封罪の魔杖《まじょう》〉の中で、〈魔剣〉が激しく反応した。

——と、その時。漆黒のクリスタルが輝きを放った。

そして——

〈——けた……我が愛《いと》し子《ご》——よ……〉

——声が、聞こえた。

◆

「……な……に……？」

ところどころ、ノイズの混じったようなその声は、レオニスだけでなく、ヴェイラとリヴァイズにも聞こえているようだった。

漆黒のクリスタルが、ふたたび明滅する。

〈……──見つけた……愛し子……魔剣、の……継承者〉

地下の空間に響く、不明瞭な声。

手にした〈魔剣〉は、なおも共鳴を続けている。

〈──どうして……あなたは、この世界から、消えて──しまった……〉

「俺が……消えただと？」

レオニスは呆然《ぼうぜん》と呟《つぶや》いて──

「……っ、なにを言っている。お前は、一体何だ⁉」

響き渡るその声を、かき消すように叫んだ。

──そう。彼女の声が聞こえるはずがない。〈女神〉は滅び、その魂は一〇〇〇年後に生まれる人間の中に転生しているはずなのだから。

しかし、〈女神〉の声は現に聞こえている。

以前、〈死都《ネクロゾア》〉の調査任務に赴いたとき、ゼーマインが〈女神神殿〉を起動したが、〈ダーインスレイヴ〉が共鳴することはなかった。

ゆえに〈女神〉の名を騙《かた》る、何者かが存在するのだと推測していたのだ。

だが、レオニスは直観する。

この声は、騙りなどではない。

間違いなく、彼女の──

〈……ずっと、探していたのに――……〉

漆黒のクリスタルから響く、その声は――

〈……ずっと、求めていたのに……〉

〈ずっと、ずっと、ずっとずっとずっとずっとずっと――〉

狂おしく、恋い焦がれるように繰り返した。

「……ロゼリア……なのか、本当に？」

引き攣《つ》れた声で、レオニスは呟《つぶや》く。

まるで、そこに彼女がいるかのように、漆黒のクリスタルに手を伸ばす。

〈……愛《いと》し子《ご》よ、魔剣の継承者よ……待ち焦がれて……いた――〉

〈……どうか――わたしを、見つけて――……〉

「ロゼリア！　俺はここだ、ここにいる！」

たまらず、レオニスは叫んだ。

幼い少年の手で、漆黒のピラミッドを激しく何度も叩《たた》く。

「ロゼリア！」

「レオ！」

と、叩き付けるその手を、ヴェイラが掴《つか》んだ。

「なにか、様子がおかしいわ！」

「な、に……」

緊迫したヴェイラの表情。

レオニスはようやく、ハッと我に返った。

〈……――わた、し――、は……■に……■■■■■■――■■■……〉

響き渡る〈女神〉の声が、突然、変貌した。

クリスタルの周囲に黒い靄《もや》があらわれ、レオニスの腕に触れる。

「……っ、な……に!?」

魂が爛《ただ》れるような、おぞましい感覚に、レオニスはあわてて身を引いた。

（これは、〈ヴォイド〉の瘴気《しょうき》……？）

靄はレオニスの腕に絡み付くと、ゆっくりと首へ這《は》い上がってくる。

〈……愛し子、よ……■■■■虚無の……星は……■■■■■……〉

「ロ……ゼリア……！」

「はあああああっ！」

ヴェイラが吼《ほ》え、〈女神〉の祭殿を拳で殴りつけた。

ピシリ、とクリスタルの表面に亀裂が入り――

リイイイイイイインッ――と、澄んだ音をたてて砕け散った。

「ヴェイラ、なにをする！」

レオニスが思わず声を荒げると、

「レオ、あんたの手――」

ヴェイラはレオニスの腕に視線を投げる。

「……なんだ、これは!?」

瘴気《しょうき》に触れたレオニスの手が、火傷《やけど》のように爛《ただ》れ、奇怪な紋様が浮き出ていた。

左腕全体に、皮膚の燃えるような鋭い痛みがはしる。

「まるで呪詛《じゅそ》のようだな」

レオニスの手に現れた紋様を見て、リヴァイズが言った。

「呪詛……？」

「うむ、見たこともない紋様だが――」

まじまじと見つめ、顔をしかめるリヴァイズ。

粉々に砕け散った祭壇の破片は、すでにその輝きを失っていた。

「ひとまず、ここを出ましょう。あまりいい雰囲気ではないわ」

「我も賛成だ。とりあえず、この欠片《かけら》は持ち帰って――」

リヴァイズが破片を拾い上げた、その時。

「……っ、待て、なにか……来る！」

レオニスは叫んだ。

それは直観だった。全身の細胞が一気に覚醒し、警告を発する。

（……っ、この感覚は――馬鹿な……まさか、奴《やつ》が!?）

〈竜王〉と〈海王〉も、同時にその気配を感じ取ったようだ。

「な、なに!?」「これは……？」

緊迫した声を発して、遺跡の天井を見上げる。

その刹那――

ズオオオオオオオオオオオオオオオオンッ！

――〈鉄血城《アイゼン・フォート》〉の廃墟《はいきょ》が蒸発した。

第七章　虚無の王

陽炎《かげろう》が揺らめく。破壊の炎の残滓《ざんし》が、瘴気《しょうき》の森の外縁でくすぶっている。

〈鉄血城《アイゼン・フォート》〉の廃墟《はいきょ》のあった場所は、巨大なクレーターと化していた。

クレーターの中心に、一本の槍《やり》が突き立っている。

この槍こそが、たった一撃で、あたり一帯を吹き飛ばしたのだった。

槍から少し離れた場所に、三人の〈魔王〉の姿があった。

ドーム状に展開した力場の障壁が、周囲に張りめぐらされている。

「……っ、直撃であったら、俺の魔術でも防ぎきれなかったな」

〈封罪の魔杖《まじょう》〉を手に、レオニスが言った。

「なんなのよ、あれ……槍？」

「莫大《ばくだい》な魔力を感じるぞ。神々の武器のようだな」

リヴァイズが興味深げに呟《つぶや》く。

すり鉢状に抉《えぐ》れた大地には、砕け散った石壁の残骸が散らばっている。

〈女神〉の祭殿にいたっては、もはや跡形もなく吹き飛ばされていた。

（……〈神槍《しんそう》ブリューナク〉。あんなものを投擲《とうてき》できるのは、奴《やつ》しかいない）

レオニスは槍から視線を上げ、空を見上げた。

無窮の闇の中、光り輝く、巨大な異形の姿がそこにあった。

空を埋め尽くす、無数《まみ》の〈ヴォイド〉を従えた〈虚無〉の王。

「なんの因果か、再び見えるとはな――」

堕《お》ちたる英雄を睨《にら》み据《す》え、レオニスは皮肉げに、その名を告げる。

「我が師、〈剣聖〉――シャダルクよ」

「……っ、シャダルク!?」

ヴェイラが反応し、黄金色の眼《め》を見開いた。

「レオ、どういうこと？　あれが〈六英雄〉の〈剣聖〉だって言うの？」

首筋にじっとりと汗を浮かべ、頷《うなず》くレオニス。

〈剣聖〉――シャダルク・シン・イグニス。

――〈ヴォイド〉の統率体《ヴォイド・ロード》。

〈第〇七戦術都市《セヴンス・アサルト・ガーデン》〉で戦った時とは、また少し姿を変化させている。

数多《あまた》の神々、魔神と融合を繰り返した、醜悪な怪物。巨大な下半身に生えた、八本の異なる獣の脚。上半身の八本の腕には、それぞれ神話級の武器を手にしている。

最悪の悪夢を具現化したようなその姿に一点だけ残された、かつての英雄の面影は、その白皙《はくせき》の美貌のみ。潰れた片目は、かつて、レオニスが与えた呪いの傷だ。

「……なぜ、奴《やつ》がここにいる？」

ヴォイド・ロードと化した〈剣聖〉は、封印された〈桜蘭《おうらん》〉の守護神と融合を果たすため、〈第〇七戦術都市《セヴンス・アサルト・ガーデン》〉に出現した。

都市の中心で、レオニスと激しい戦闘を繰り広げた末、〈聖剣〉を覚醒させたレオニスに眉間を撃ち抜かれ、虚空《こくう》の裂け目に姿を消したのだ。

（裂け目に消えたはずの奴が、ここにいるということは――）

やはり、〈ヴォイド〉は、この世界から来ているのだろうか。

だとすれば、これまで未知の化け物であった〈ヴォイド〉に関しての、重大な情報を掴《つか》んだことになるが――

（今はそれどころではない、か――）

〈封罪の魔杖《まじょう》〉を片手に構え、背後の〈竜王〉と〈海王〉に告げる。

「奴は、間違いなく〈六英雄〉の〈剣聖〉だ。虚無の化け物、〈ヴォイド・ロード〉となりはて、手当たりしだいに融合を繰り返している」

「――シャダルク・シン・イグニス！」

ヴェイラが殺気を込めた声で唸《うな》った。魔竜の黄金の瞳が爛々《らんらん》と輝く。

彼女は配下の数百体のドラゴンを、あの英雄に殺されているのだ。

「なぜ、〈剣聖〉の奴がここにいる？」

と、冷静なリヴァイズが訊《き》いてくる。

「――さあな。俺にもわからん」

この堕《お》ちた英雄も、あの〈女神〉の声に導かれたのか。

あるいは、魔剣〈ダーインスレイヴ〉の共鳴に反応したか――
■■■■■■■■■■■■ッ――！
シャダルク・ヴォイド・ロードの発した咆哮《ほうこう》が、大気を揺るがした。

「――来るぞ！」

レオニスが叫ぶと同時。

ズウウウウウウウウンッ――！

〈剣聖〉の巨躯《きょく》が、流星の如《ごと》く地上に落下した。

大地がめくれあがり、もうひとつの小規模なクレーターが出現する。

「重力系統・第八階梯《かいてい》魔術――〈極大重波《ヴィラ・ズオ》〉！」

ズンッ――！

虚空で膨れ上がった重力球が、〈剣聖〉を地面にめり込ませた。

だが、それだけだ。最強クラスの重力系統呪文も、わずかな足止めにすらならない。

「一気に叩《たた》き潰すわよ――〈竜王撃衝破《ドラグ・ゼルガ》〉！」

「剣の冬よ、凍《い》て付《つ》く魔氷の刃《やいば》よ――〈氷烈連斬《シャリア・ノース》〉」

ヴェイラが竜語魔術を唱え、リヴァイズが氷系統の第八階梯《かいてい》魔術を放った。
大地を抉《えぐ》る螺旋《らせん》の衝撃、吹き荒れる氷刃の嵐が、〈剣聖〉の巨躯《きょく》を押し包む。
荒れ狂う〈魔王〉の力の余波は、周囲の〈ヴォイド〉をまとめて薙《な》ぎ倒した。
「最強の六英雄でも、〈魔王〉三人を相手に……なっ!?」
ヴェイラの余裕の笑みが、一瞬で凍り付く。
[redacted]――[redacted]ッ――!
咆哮《ほうこう》。舞い上がる土煙を吹き散らし、シャダルクが腕の一本を振り上げた。
そして。その手に握り込まれた、巨大な槌《つち》を、無造作に振り投げる。
英雄の投擲《とうてき》する神話級の武器。並の防御魔術では防げない。
「影より来たれ、死の王国の亡者よ――〈羅刹餓骨魔壁《グレート・デス・ウォール》〉!」
魔力で強化された無数の骨が、一瞬で組み上がり、分厚い骨の壁を形成する。
魔導の体系には存在しない、〈不死者の魔王〉のオリジナル魔術だ。
――が、回転する槌は骨の壁を次々と粉砕し、レオニスに迫る。
(……っ、俺の貴重な骨が!)
嘆く間もあらばこそ、槌は眼前にまで到達し――
「はあああああああっ――〈竜王壊砕拳《ドラグ・フィスト》〉!」
ヴェイラが魔力を込めて放った拳の一撃が、槌の側面を打ち据《す》えた。

軌道を逸《そ》らされた槌は、レオニスの顔をわずかにかすめて飛んでいくと、凄《すさ》まじい轟音《ごうおん》をたてて地面に突き立った。

「……っ、なんて奴《やつ》……軌道を逸らすので、精一杯だなんて――」

「しかも、骨の壁で、あれだけ威力を減衰していたにもかかわらず、だ。奴は生前以上の化け物だぞ」

「それに、魔術がほとんど効いておらんな」

リヴァイズの指摘に、レオニスは首肯する。

「ああ。生前の〈剣聖〉は、魔術を使えない、純粋な剣士だった。だが、奴は進化を遂げる過程で、神聖魔術を扱う従属神を取り込んだようだ」

大魔術の連撃を防いだのは、神聖魔術による護法だ。

〈師よ、かつてあなたは〈不死者の魔王〉となった俺を化け物と呼んだが、今のあなたのほうがよほど化け物ではないか――〉

胸中で、レオニスは皮肉に嗤《わら》う。

こちらの戦力は、〈魔王〉が三人。

それぞれが万全の状態であれば、あの化け物とて撃滅することは可能だろう。

しかし、最強の〈海王〉は、半身たる〈リヴァイアサン〉を失った状態だ。

レオニスの肉体は十歳の子供のものであり、身体能力だけでなく、その魔力も全盛期からは三分の一程度に減衰してしまっている。

ブラッカスが姿を変じた〈黒帝狼影鎧《ブラック・タイラント》〉を身にまとえば、まだしも戦えるのだろうが、〈影の王国《レルム・オヴ・シャドウ》〉にいる戦友を呼び出すことはできない。

かろうじて、まともに戦えるのは〈竜王〉ヴェイラのみ。その〈竜王〉も、魔術攻撃を主体としない〈剣聖〉とはすこぶる相性が悪い。ドラゴン種族の特性である、対魔術の力がほぼ無意味なためだ。

（……ここは撤退したいところだが。奴《やつ》に背中を見せるのは、得策ではないな）

撤退は〈魔王〉の沽券《こけん》に関わる、などと嘯《うそぶ》くつもりはない。

〈不死者の魔王〉は幾度も敗北しながら、最強への道を歩んで来たのだ。

ただ、ここでの撤退はリスクが大きすぎる。ヴェイラ、リヴァイズ、そしてレオニス、三人の〈魔王〉のうち、いずれか一人は屠《ほふ》られることになるだろう。

それに、レオニスはともかく、〈竜王〉と〈海王〉は、〈魔王〉の矜持《きょうじ》に賭けて、撤退などと考えもしないだろう。

虚無の王が咆哮《ほうこう》し、突進してくる。神々、魔神より奪った八本の脚が、〈鉄血城《アイゼン・フォート》〉の残骸を蹴散らし、地鳴りを響かせる。

「――レオ、あたしが食い止《と》めるわ。援護しなさい」

ヴェイラは獰猛《どうもう》な笑みを浮かべると、その真の姿を顕現させた。

グ、ルオオオオオオオオオオオ――！
紅蓮《ぐれん》の炎を纏《まと》う巨大なレッドドラゴンは、突進してくる〈剣聖〉を迎え撃つ。
ドオオオオオオオンッ！
巨大質量の塊が激突し、衝撃波が放射状に広がった。
噴き上がる土砂。飛来する礫《つぶて》から、レオニスは顔をかばう。
真正面から組み合ったヴェイラが顎門《あぎと》を開いた。
超至近距離で、灼熱《しゃくねつ》の竜の吐息《ドラゴンブレス》を放つ――！
紅蓮の炎がシャダルクの上半身を呑《の》み込《こ》んだ。
神聖魔術による護法は発動しない。
対魔術特性を持つ竜の爪が、護法ごと肉を引き裂いている。
竜の吐息《ドラゴンブレス》が直撃し、灼熱の炎に呑まれながら、しかし、〈剣聖〉は止まらない。
構えた大盾で、レッドドラゴンの頭部を横殴りにする。
吹き飛ばされるレッドドラゴンの巨躯《きょく》。
シャダルクが腕を振り上げ、大剣を投擲《とうてき》する。
「――〈海魔閃斬《シャリア・シエイズ》〉！」
彼方《かなた》より放たれた水の刃《やいば》が、シャダルクの指先を切断した。
大剣の狙いはわずかに逸《そ》れ、ヴェイラの角を斬り飛ばす。

「――大物狩りだ。三方より、囲んで討つぞ！」

上空を飛ぶリヴァイズが叫んだ。

レオニスは地上を駆けつつ、すでに高位の呪文を唱えている。

（〈魔剣〉を使うことができれば、あれを倒すこともできようが――）

魔剣〈ダーインスレイヴ〉の柄は、魔杖《まじょう》に封印されたまま、ピクリとも動かない。

シャダルクは〈魔王〉の一体を取り込んで、融合を果たしている。

〈ダーインスレイヴ〉は、〈女神〉と交わした誓約ゆえに、〈魔王〉に対してその力を振るうことができないのだ。

（切り札は、〈魔剣〉だけではない、が――）

荒野を駆けながら、知れず、右手を握りしめる。

〈聖剣〉――〈EXCALIBUR.XX《エクスキャリバー・ダブルイクス》〉。レオニスに発現した未知の力。

あの力は、シャダルク・ヴォイド・ロードを打ち破ることができる。

ただ、そう軽々に使える力ではない。〈魔剣〉と同じく、一気に魔力と体力を消耗するため、乾坤一擲《けんこんいってき》のタイミングを見計らわなくては、逆に窮地に陥りかねない。

――呪文が完成した。

「生を貪り喰《く》らうもの、我が魂を贄《にえ》に、出でよ――〈屍骸巨像《スカル・コロッサス》〉！」

打ち砕かれ、大地に散乱した骨がカタカタと蠢《うごめ》き、レオニスのもとに集結する。

骨は互いを食《は》むように絡み合い、全長三〇メルトはある骨の巨像となった。

「愉快なものだな。師であった貴様を、こうして見下ろすのは——」

巨像の手のひらの上に立ち、レオニスは邪悪な笑みを浮かべた。

レッドドラゴンと格闘するシャダルクを、傲然と見下ろして——

「聖剣〈EXCALIBUR.XX《エクスキャリバー・ダブルイクス》〉——アクティベート」

指先に意識を集中し、起動の言葉を唱える。

光の粒子が収束し、銃の形をした〈聖剣〉が顕現する。

——が、その瞬間。不意に、右手に黒い火花が散った。

激痛が走り、顕現しかけていた〈聖剣〉は霧散する。

「……っ、な……に!?」

顔をしかめ、レオニスは自身の右手に視線を落とした。

リヴァイズが呪詛《じゅそ》と呼んだ、あの奇妙な紋様が浮かび上がっている。

（……まさか、〈聖剣〉が、封じられているのか!?）

再度、〈聖剣〉の起動を試みようとするが——

[redacted]ッ——！

ヴェイラを地に沈めた〈剣聖〉が、骨の巨像めがけて突進してくる。

「ちっ——第十階梯《かいてい》・極滅系呪文〈極大抹消咒《メルド・ガイズ》〉！」

ズオオオオオオオオオオオオオンッ！

夜を焦がすように噴き上がる、灼熱《しゃくねつ》の火柱。

だが、シャダルクの突進は止《と》まらない。

（……っ、化け物め――）

骨の巨像の上で、レオニスは頭上に手を伸ばした。

と、虚空《こくう》の影の中から、無数の鎖が射出され、シャダルクの全身に絡み付く。

神々の生み出した〈魔王殺しの武器《ジ・アーク・セヴンス》〉のひとつ――〈邪竜縛鎖《ラグヴァ・ゾール》〉。

〈帝都〉で、暴走状態のヴェイラを捕らえた鎖である。

〈魔王殺しの武器《ジ・アーク・セヴンス》〉は、〈魔王〉に対して特に効果をもたらす武器。

更に、〈邪竜縛鎖《ラグヴァ・ゾール》〉は、ドラゴン種族に対する呪いも有している。

――シャダルクの突進が、止まった。

（……やはり、か！）

レオニスの読みは当たった。

シャダルクが取り込んだのは無論、〈魔王〉ばかりではない。

〈光の神々《ルミナス・パワーズ》〉の加護を得た〈六英雄〉は、様々な生物と融合し続け、無限に進化を遂げる存在だ。当然、ドラゴンも吸収しているだろう。

シャダルクの動きが停止した、そこへ――

グ、ルオオオオオオオオオオオオオオオオッ――！

ヴェイラが白銀の熱閃《ねっせん》を放ち――

上空のリヴァイズが、氷魔系統第九階梯《かいてい》――〈氷魔砕嵐《ヒエルド・ベルゼード》〉を放った。

「闇よ、爆《は》ぜるがいい――〈闇獄爆裂光《アルザム》〉！」

レオニスも続けて第十階梯の爆裂魔術を連打する。

ズオンッ、ズオンッ、ズオオオオオオオオオオオオンッ！

炸裂《さくれつ》した破滅の魔力が、真昼の太陽の如《ごと》く、世界を照らしだした。

◆

三人の〈魔王〉による波状飽和攻撃に、虚無の王が沈黙した。

燃え盛る、紅蓮《ぐれん》の炎の中――

全身のあらゆる箇所を損壊した状態で立ち尽くしている。

――ピシリ。

と、その周囲の空間に、亀裂が奔《はし》った。

「……っ⁉」

――ピシッ……ピシピシッ、ピシッ――

亀裂は瞬《またた》く間に広がり、あたりの空間を呑《の》み込《こ》んでゆく。

（……やった……のか……？）

レオニスは胸中で息を呑んだ。

まだ、致命傷を与えたわけではない。

あの虚無の王は、この程度で斃《たお》せる敵ではないだろう。

——しかし。〈第〇七戦術都市《セヴンス・アサルト・ガーデン》〉で戦った、あの時。

〈聖剣〉による一撃を受けたシャダルクは、虚空《こくう》の裂け目に呑まれて消えた。

……一定以上のダメージを受けたとき、あの姿を維持できなくなるのか、あるいは、時間制限でもあるのか。

ピシ——ピシピシッ、ピシッ——

〈…………神——使徒……——■■■■■……〉

シャダルクが、なにか言葉らしきものを口にした。

レオニスは片眉を跳ね上げ、皮肉げに言った。

「ほう、言葉を喋《しゃべ》れたとは意外だな、我が師よ」

バヂッ、バヂバヂバヂンッ——！

と、次の瞬間。〈剣聖〉を縛《いまし》める〈邪竜縛鎖《ラグヴァア・ゾール》〉が弾《はじ》け飛んだ。

〈女神ノ使徒……——ハ……滅ボス……ベシ——〉

「なんだと……？　一体、何を言って――」

「〈不死者の魔王《アンデッド・キング》〉、大技をしかける。時間を稼げ」

上空を漂うリヴァイズが指示を出した。

「この化け物相手に、時間を稼げだと？」

骨の巨像の上で、文句を言うレオニス。

水の羽衣が輝き、リヴァイズの身体《からだ》が半透明の水の球体に覆われる。

■■■■■■■■■■■■■ッ――！

シャダルクが咆哮《ほうこう》し、〈邪竜縛鎖《ラグヴァア・ゾール》〉を振り回した。

叩《たた》き付《つ》けられた鎖は、骨の巨像の腕を粉々に粉砕する。

「……っ、ちっ――」

〈攻城戦用の〈屍骸巨像《スカル・コロッサス》〉だぞ、この馬鹿力め！〉

振り落とされたレオニスは、咄嗟《とっさ》に重力系統の魔術を唱え、地面に降り立った。

頭上から、砕かれた巨大な骨が落下してくる。

〈聖剣〉を使う時の陽動に使うつもりだったが、囮《おとり》にもならなかったようだ。

ここにブラッカスがいれば、また別の戦いようもあっただろう。あるいは、諸刃《もろは》の剣ではあるが、〈影の王国《レルム・オヴ・シャドウ》〉に封印された三番目の配下を解き放てば、シャダルクを足止めすることができただろう。

(――しかし、〈聖剣〉が顕現できないのは、誤算だったな)
レオニスはチラッと右手を見た。
あの呪詛《じゅそ》は見えなくなっているが、消滅したわけではない。
呪詛であれば、レオニスの専門分野だが――
無論、ただの呪詛ではあるまい。あんな紋様は見たことがない。
(厄介な……)
舌打ちして、レオニスは闇の中に身を躍らせる。
気配を感知するまでもない。シャダルクの巨体が、地響きをたてて迫ってくる。
「魔殲剣《ませんけん》――〈ゾルグスター・メゼキス〉よ!」
振り向きざま、腕を振り上げて、〈影の領域〉を展開する。
虚空《こくう》に生まれた数十本の剣が、シャダルクめがけて放たれた。
〈魔王殺しの武器《ジ・アーク・セヴンス》〉の破片より造り出した模造品。
本物に比べれば性能は劣るが、〈魔王〉に対しては効果があるはずだ。
――だが。
ギイイイイイイインッ！
シャダルクが、降りそそぐ剣の刃《やいば》を、大剣のひと振りで薙《な》ぎ払《はら》う。
更にあろうことか、幾本かをその手に掴《つか》み、己がものとしてしまった。

（……っ、〈剣聖〉に、武器の類《たぐい》は効かないか……）

　虚無の怪物になりはててなお、〈光の神々《ルミナス・パワーズ》〉に与えられた、〈六英雄〉の権能は、生きている。この世に存在する、すべての武具を扱える権能――

　それは、〈魔王殺しの武器〉とて、例外ではない。

　シャダルクの片目が、青白い焔《ほのお》を噴き上げ、レオニスを見下ろした。

〈ゾルグスター・メゼキス〉の刃が、レオニスめがけて振り下ろされる。

　魔術では防御不能の一撃が――

　グルオオオオオオオオオオオオオオオッ――！

　赤竜の巨大な顎門《あぎと》が、武器を振り上げたシャダルクの腕を噛《か》み砕いた。

「――ヴェイラ!?」

「魔竜山脈のドラゴン達《たち》の無念、ここで晴らしてやるわ！」

　焔を纏《まと》うレッドドラゴンの爪が、虚無の王の硬質な皮膚を引き裂いた。

　血のように噴き出す黒い瘴気《しょうき》。

　シャダルクは〈魔王殺しの武器〉を振り上げ、ヴェイラの首に突き立てる。

　が、ヴェイラの竜鱗《りゅうりん》は白銀の刃を容易《たやす》くはじき返した。

「この〈竜王〉も舐《な》められたものね、そんなまがい物の刃で――」

　咆哮《ほうこう》。鞭《むち》のようにしなる尾の一撃がシャダルクの胴を打ち据《す》えた。

体勢を崩し、地面に沈み込むシャダルクの巨躯《きょく》。

そこへ――

「愚者よ、我が咆哮《ほうこう》を聞け――〈覇竜魔光烈砲《ディー・アルグ・ドラグレイ》〉！」

竜の爪を突き立て、護法を貫通して破壊の竜語魔術を叩《たた》き込む。

ズオオオオオオオオオオオオンッ！

更に、追撃の竜の吐息《ドラゴン・ブレス》を放とうとした、その瞬間。
グ、ルオオオオオオオオオオオオ――――！
ヴェイラが苦悶《くもん》のうなり声を上げた。

灼熱《しゃくねつ》の焔《ほのお》の中から現れたシャダルクの腕が、赤竜の翼を引き千切ったのだ。

立ち上がったシャダルクが、レッド・ドラゴンの角を掴《つか》んだ。

そのまま、別の腕で構えたランスで、喉笛を貫こうとする。

「――ヴェイラ！」

レオニスが叫んだ、その時。

「十分だ。〈竜王〉、巻き添えになるぞ――」

リヴァイズの冷静な声が聞こえた。

「……ふん、遅かったじゃないの……！」

刹那、掴まれたレッドドラゴンは、人間の少女の姿に変じて離脱する。

「凍える魂よ、永久の宮殿に、眠れ――〈絶対氷河結界《レイ・ザヴァ・コキュートス》〉」
虹色に輝く氷の絶界が、シャダルクの巨体を押し包んだ。
リヴァイズが発動したのは、第十一階梯《ブレイク・オーバー》の超高位魔術。
目標を魔力の氷塊に閉じ込め、永久の眠りを与える、〈海妖精族《シー・スプライト》〉固有の魔術だ。
この呪文の前では、神聖魔術による防護も役には立たない。
魔氷の絶界の中で、シャダルクはランスを構えた姿のまま、その動きを止《と》めた。
――だが。それも一瞬のこと。
絶対零度の氷塊の中で、シャダルクの片目が燃えるように輝く。
この機を逃せば、虚無の王を打つ手立ては尽きるだろう。
レオニスは、すでに呪文を準備していた。
ヴェイラが決死の覚悟で時間を稼ぎ、リヴァイズが最後の好機を生み出した。
その機を無駄にするわけにはいかない。
〈封罪の魔杖《まじょう》〉の尖端《せんたん》をシャダルクに向け、魔力を収束させる。
――破滅の歌が聴こえる、灰は灰に、塵《ちり》は塵に――
――すべてを根源に還《かえ》す、惨劇はただ一度、厳かにおとずれる――
第十一階梯《ブレイク・オーバー》以上の超高位魔術は、この身体《からだ》に転生してからは、唱えたことがない。
第十階梯《かいてい》呪文より遙《はる》かに長大な詠唱を必要とするため、実戦でそう唱える機会がない、というのが理由の一つだが、最大の理由は、今のレオニスの肉体では、魔力の反動に耐えられない可能性がある、ということだ。

（だが、奴《やつ》に並の呪文は通るまい――）

レオニスは歯を食いしばった。

両手に握り込んだ魔杖《まじよう》の尖端《せんたん》に、激しい雷火がほとばしる。

「……くっ……あ……！」

暴発する魔力が指先を焼いた。全身の神経が痛みで悲鳴をあげる。

（……やはり……この肉体では……！）

――その時。魔杖を掴《つか》むレオニスの手に、細い指先が重ねられた。

「――ヴェイラ!?」

「レオ、あたしの魔力も貸してあげるわ」

背後に立つヴェイラが、ふっと微笑《ほほえ》んだ。

レオニスの魔力がヴェイラの中へ循環し、再び魔杖に注ぎ込まれる。

溢《あふ》れる魔力が、杖《つえ》の尖端で眩《まばゆ》く輝いた。

「我が憤怒《ふんぬ》よ、世界を燃やせ、滅びの刻《とき》は疾《と》く来たらん――！」

そして、シャダルクを封じた氷絶結界が砕け散ると、同時。

「破壊系統・第十一階梯魔術――〈超極大破滅咒《メルド・マグナス》〉！」

ズオオオオオオオオオオオオンッ！
世界が、破滅の光に覆われた。
虚空《こくう》の裂け目より現れた〈ヴォイド〉の群れが一瞬で蒸発する。
そして――
ピシリ――ピシピシッ……ピシッ――
シャダルク・ヴォイド・ロードの周囲の裂け目が、急激に増えてゆく。
『……――レオ……ニス……――』
「……っ!?」
逆巻く紅蓮《ぐれん》の焔《ほのお》の中で――
虚無の王は、確かにその名を口にした。
『……おまえ、が……継承……者――なの、か――』
その片目は、ほんの一瞬、人類の英雄であった頃の知性を取り戻したようにみえた。
なにかを掴《つか》むように手を伸ばし、虚空の裂け目に消えてゆく。
――ピシ、ピシピシピシッ……ピシッ――
シャダルクを呑《の》み込《こ》んだ亀裂は、大地を侵蝕《しんしょく》し、空を呑み込もうとしていた。
まるで、ガラスの伽藍《がらん》が崩れるように空が墜《お》ちてくる。
その、墜ちてくる空の欠片《かけら》を見て、レオニスはハッとした。

（……っ、あれは、まさか――）

「レオ、逃げるわよ!?」

「なにをしている、我々も呑み込まれるぞ！」

ヴェイラとリヴァイズが、警告の声を発した。

だが、レオニスはその場に立ったまま、確信に満ちた声で言った。

「いや、敢《あ》えて呑み込まれよう。おそらく、これは――」

「ちょっと、レオ!?」

空の天蓋が、完全に砕け散って――

そして、世界が反転した。

◆

――世界の様相は、一瞬で一変していた。

レオニスは軽く首を振って、あたりを見回した。

あの〈鉄血城《アイゼン・フォート》〉のあった場所ではない。

木々が鬱蒼《うっそう》と茂る森の中だった。

薄暗い空に、曙光《しょこう》が射《さ》し込《こ》みはじめている。

「……ここは？」

背後でヴェイラが呟《つぶや》くのが聞こえた。

振り向くと、紅蓮《ぐれん》の髪の少女が、不思議そうな顔でレオニスを見つめている。

「また、別の世界に飛ばされたってわけ？」

「……いや、おそらく、ここは元の世界だ」

と、レオニスは言った。

「あの時。虚空《こくう》の亀裂の向こう側に、星が見えた――」

「星？」

「ああ――」

頷《うなず》いて、レオニスは木々の隙間から覗《のぞ》く、薄明の空を見上げた。

夜明け前でありながら、あの禍々《まがまが》しい〈凶星〉が輝いている。

虚空の裂け目に入るのは、賭けではあったが――

（……思いがけず、元の世界に戻ってこられたようだな）

〈異界の魔神〉を追うことはできなかったが、まあ、しかたあるまい。

「〈不死者の魔王《アンデッド・キング》〉よ、〈剣聖〉はどこへ消えたのだ？」

リヴァイズが水の羽衣をたなびかせ、空中から降りてきた。

「俺達《たち》とは違う場所へ消えたようだな」

レオニスは答え、首を振る。

〈ヴォイド〉は、あの裂け目を使って、次元間を自在に移動できるのだろうか。

しかし、だとすると――

不規則に出現し、霧のように消えるのは、理屈に合わない。〈ヴォイド〉が自在に姿を現せるのだとしたら、人類はとっくに滅亡しているはずだ。

「〈六英雄〉の〈剣聖〉――奴《やつ》はなぜあそこにあらわれたのだ？」

「……さあな、俺にもわからん」

〈女神〉の声に反応した、というのは間違いないのだろうが、その目的は不明だ。

あるいは、目的などとうに見失っており、虚無に魂を蝕《むしば》まれて狂乱し、仇敵《きゆうてき》の残滓《ざんし》を追っているだけなのかもしれないが。

「あの世界は、なんだったのかしらね――」

赤い空。果てなく続く荒野。無数の〈ヴォイド〉の群れ。

レオニスの見立てでは、あの世界こそ、〈ヴォイド〉の発生源だ。

しかし、なぜ、あの世界に〈獣王〉の居城の遺跡が存在したのか。

そして、なぜ、滅びたはずの〈女神〉の声が聞こえたのか――

レオニスは無意識に、〈封罪の魔杖《まじよう》〉を握り込んだ。

〈異界の魔神〉とクリスタリア公爵。次元転移した〈天空城《アズール・フオート》〉。

〈ヴォイド〉の世界。〈女神〉の声。あるはずのない〈鉄血城《アイゼン・フォート》〉の遺跡。

——何かが、繋《つな》がっているはずなのだ。

(……〈アズラ＝イル〉、奴《やつ》がすべてを知っているはずだ)

なんにせよ、こちらの世界に戻ってきた以上、レオニスにはすべきことがある。

(俺の〈王国〉を、そう長く留守にしておくわけにはいかぬからな——)

ブラッカスとシャーリにばかり任せておくわけにはいかない。

それに——

と、レオニスは脳裏に、眷属《けんぞく》の少女の顔を思い浮かべる。

ほんの数日、会っていないだけなのに、妙に懐かしく感じられた。

(……約束、したからな)

レオニスは制服のポケットから端末を取り出し、

「……さて、ここはどこだ？」

起動してみるが、周辺地域の情報は出なかった。この時代の魔導機器も、〈戦術都市〉の支援を受けられる場所でなくては、あまり役に立たないようだ。

「人間の都なら、あっちの方角よ」

ヴェイラが薄明の空を指差した。

「わかるのか？」

「当然よ。竜族は、星の配置を見て飛んでいるんだから」

彼女は腰に手をあて、ふっと微笑《ほほえ》んだ。

「距離は？」

「さあ、そこまでは、わからないわね」

「そうか」

レオニスは頷《うなず》いて、

「俺は〈帝都〉へ戻る。〈アズラ＝イル〉の動向は気になるが、約束があるのでな」

「ふぅん、あの眷属の娘が心配なのね」

ヴェイラがからかうように言った。

「我は〈異界の魔神〉を追うぞ。リヴァイアサンを取り戻さねば」

「あたしも、〈天空城《アズール・フォート》〉を取り戻しに行くわ。……といっても、〈アズラ＝イル〉と〈天空城〉は、この世界にはいないのよね」

「奴の目的が〈魔王〉を手に入れることである以上、いずれ、この世界に現れるだろう。であれば、こちらができることは先に〈魔王〉の眠る地を押さえておくことだ」

「ふむ、確かにな」

「……なるほどね。それじゃ、あたしは、〈獣王〉の眠る場所を探してみるわ」

「ああ。なにかわかったら、情報を共有してくれ」

レオニスは〈影の領域〉から、〈屍骨竜《スカルドラゴン》〉を召喚し、その背に飛び乗った。

「〈アズラ＝イル〉は得体が知れぬ奴《やつ》だ。気をつけるがいい」

「ふん、こんどこそ消し炭にしてやるわ」

〈屍骨竜〉が羽ばたき、夜明けの空へ舞い上がった。

◆

夕刻。訓練を終えたリーセリアは、ホテルの部屋に戻って訓練着を脱ぐと、下着姿のまま、ソファにぐったりと倒れ込んだ。

「……も、もう……ダメ、かも」

乱れた髪をだらりと垂らし、彼女にしては珍しく弱音を吐く。

普段のリーセリアは、誰も居ない場所でも、決してこんなだらしない格好はしないのだが、連日のハードワークで、とにかく疲労困憊《ひろうこんぱい》していた。

彼女自身のスケジューリングした、第十八小隊でのチーム訓練に加えて、連日、朝も特訓、夜も特訓だ。しかも、教官は鬼教官である。

最近では、〈真祖のドレス〉を維持したまま、魔力の循環をコントロール出来るようになってきてはいるが、あの訓練にどんな意味があるのか、いまいちわからない。

ソファの上で、リーセリアは悩ましげに身をよじった。

魔力灯の照らす天井を見上げて、ぽつりと口を開く。

「レオ君、まだ、戻ってこないのかな……」

……彼が〈帝都〉を発《た》って、もう四日目だ。

毎日、端末にメッセージを送っているけれど、返信はこない。

部屋の冷蔵庫には、彼が帰ってきたときのために、毎日プリンを用意してあった。

「レオ君……」

指先でソファのボタンをつついて、ぐりぐりと押し込む。

枕がわりのクッションを掴《つか》むと、犬歯を立ててかぷかぷと噛《か》んだ。

「……違う」

ぷくーっと頬《ほお》を膨らませる。

欲求不満のリーセリアである。

クッションを抱いたまま寝返りを打ち、わずかに開いた窓のほうへ視線を向ける。

そよ風がカーテンを揺らす。窓の外では日が暮れて、〈シャングリラ・リゾート〉のカジノがネオンを灯《とも》しはじめる。

リーセリアは、はためくカーテンをぼーっと眺めた。

……たった数日間、いないだけなのに、こんなに寂しいなんて。

(……レオ君、帰って来たら、いっぱり吸わせてもらうんだから)

両手に握ったクッションを、ぎゅっと抱きしめる。

魔力が昂《たか》ぶって、動かなくなった心臓が、とくんと鳴った。

……とくん。とくん。とくんとくんとくん。

(……あ、れ……な、なんか、わたし……あれ？)

彼のことを考えると、頬《ほお》がカアッと赤くなる。

(う、ううん……だって、レオ君は、十歳の子供で……そんな、の……)

早鐘を打つ鼓動。急に頭が茹《ゆ》だったように熱くなる。

「……～っ！」

――その時。部屋のドアノブが、カチャリと鳴った。

「レオ君!?」

ハッとして、弾《はじ》かれたように起き上がる。

「残念、少年ではありません。お嬢様の大好きなメイドさんでした♪」

ドアを開けたのは、メイド服姿のレギーナだった。

ツーテールをくるっと翻《ひるがえ》し、謎の可愛《かわい》いポーズを決めてくる。

「……なんだレギーナか」

思わず、がっくりと肩を落とすリーセリア。

「あの、お嬢様、今のリアクションは割とショックです」

「あ、ち、違うの、ごめんね！　レギーナが来てくれて嬉《うれ》しいわ！」

しゅんと落ち込むレギーナを、あわててフォローする。

「む、それなら許してさしあげましょう」

レギーナは肩をすくめると、

「それより、もうミーティングの時間ですよ」

「あ、そうだったわね、すぐに準備するわ」

ソファをおりて、あわてて制服に着替えはじめるリーセリア。

スカートを穿《は》きながら、ふと、窓のほうを振り向く。

もちろん、そこには誰もいない。ただカーテンが揺れているだけだった。

（レオ君……）

◆

〈シャングリラ・リゾート〉のホテルの屋上に、小柄な人影がたたずんでいた。

影武者の姿を解き、メイド服姿に戻ったシャーリだ。

「魔王様……」

祈るように両手を組んで、夕陽《ゆうひ》の沈む地平線の彼方《かなた》を見つめる。

シャーリは、レオニスが戦場に向かう時はいつも、〈デス・ホールド〉のバルコニーに出て、こうして主《あるじ》の無事を祈り続けていた。

無論、シャーリは主が勝利することを確信している。

しかし、だからといって、心配しないわけではない。

なにしろ、今の主の器は、脆《もろ》い人間の子供のものなのだ。

（それに、此度の敵は、最強の〈魔王〉とも称される〈海王〉様——）

シャーリが最強と信じるレオニスでさえ、無事では済まないかもしれない。

「マグナス殿が心配か——」

と、背後で落ち着いた声が聞こえた。

振り向くと、金色の目の黒狼《こくろう》が夕陽の影の中にたたずんでいた。

「ブラッカス様——」

ブラッカスはシャーリの横に並び立つと、地平線の向こうへ目を向ける。

「我が友は必ず〈王国〉に帰ってくる。我々にできるのは、信じることだ」

「は、仰《おっしゃ》る通りです——」

シャーリは恭しく頭を下げる。

「ところで、マグナス殿の帰還が遅れた時は、シャーリよ、お前が影武者として〈聖剣剣舞祭〉に出場することになる」

「――そのように準備を進めております」

シャーリはこくりと頷《うなず》く。

その場合に備えて、ルールなどは完璧に把握していた。

もっとも、〈七星〉の暗殺者の実力を持つシャーリにとっては、人類の武闘祭など遊びに過ぎない。適度に勝ち、適度なところで負ければそれでいい。

わざと負けるようなことはしないが、積極的に戦うこともしない。むしろ、中途半端に力を見せてしまい、レオニスの存在が目立ってしまうことこそ失敗だ。

「なにごともなければいいが、マグナス殿に楯突《たてつ》く有象無象《うぞうむぞう》の愚か者どもが、この機に乗じてなにか謀《はかりごと》を仕掛けてくるかもしれん。留意しておけ」

「――は、かしこまりました」

この世界に存在する未知の敵は、〈ヴォイド〉だけではない。

ネファケス、ゼーマイン、過去に〈魔王軍〉の中核を為《な》していた幹部達《たち》が、なぜかこの時代に復活し、陰謀を企てているようだ。

実際、シャーリは彼等の息のかかった魔族の暗殺者に襲われ、不覚を取った。

（あの時のような失態は、決して二度と――）

固く決意して、シャーリは、メイド服のポケットの中の指輪に触れた。

レオニスのくれた、〈魔王軍〉で最強の存在を召喚する指輪。

もう使ってしまったので、魔法の効果はないけれど、一番大切な宝物だ。

（魔王様、どうか——ご無事で）

地平線の彼方《かなた》を再び見つめ、シャーリはもう一度、胸中で祈った。

◆

それぞれの想《おも》いを胸に、〈帝都〉での日々は過ぎてゆく。

〈聖剣剣舞祭〉の当日が近付くにつれ、強化合宿はますます激しさを増していったが、全員がたしかな成長の手応えを感じ取っていた。

——そして、〈聖剣剣舞祭〉がはじまった。

第八章　聖剣剣舞祭

帝国標準時間一〇三〇《ヒトマルサンマル》――〈聖剣剣舞祭〉当日。

第十八小隊のメンバーは、管理局の用意した自動運転の大型ヴィークルに乗り、試合会場である、〈第〇八戦術都市《エイス・アサルト・ガーデン》〉に入場した。

建造途中の〈第〇八戦術都市〉の面積は、〈第〇七戦術都市《セヴンス・アサルト・ガーデン》〉の三分の一ほど。

動力源に新型の〈魔力炉〉二基を搭載しており、完成の暁には、人類が有している戦術都市の中で、最高の機動力を有することになる。

「建造計画の進捗は七八％だけど、〈第〇七戦術都市〉の復興に手を回すことを考えると、少なくとも完成は二年後ね」

リーセリアの向かいに座る、エルフィーネが言った。

「もうほとんど完成しているように見えますけどね」

レギーナが車窓の外に視線を向ける。

ヴィークルが走行しているのは、大型のビルの建造された第Ⅲエリアだ。

もちろん無人で、人の姿はまったくない。

まるで、以前に探査任務で訪れた、〈第〇三戦術都市《サード・アサルト・ガーデン》〉の廃墟《はいきょ》のようだ。

無論、無人の都市とはいえ、決められたエリア以外での建造物の破壊は、マイナスポイントが課せられる。

レギーナの〈超弩級竜雷砲《ドラグ・ブラスト》〉ような、広範囲砲撃型の〈聖剣〉にとっては不利なルールだが、本物の市街戦を想定している以上はしかたあるまい。

「――どこへ向かうんでしょう」

「〈セントラル・ガーデン〉からは、結構離れているわね」

エルフィーネが端末をタップしながら答える。

〈聖剣剣舞祭〉に出場する各部隊は、それぞれ、規定の初期位置に配置される。

初期配置がどこになるかは当日まで秘密にされており、選手達《たち》は知ることができない。

エリアの各場所には、運営の用意した〈コア・フラッグ〉が埋め込まれており、それを奪取することで、部隊にポイントが加算される。その後、ほかの部隊に〈コア・フラッグ〉を奪われた場合は、ポイントが減点される仕組みである。

選手は戦闘不能になるか、〈聖剣〉を破壊された時点で失格になるため、敢《あ》えて〈コア・フラッグ〉のポイントを餌にして、ほかの部隊を戦いの場に引きずり出す、という戦い方もあるだろう。

また、序盤の行動範囲は地下も含めて広大だが、時間が経《た》つにつれ、フロート・ブロックは切り離され、地下通路は隔壁で封鎖されてしまう。

〈コア・フラッグ〉を所持したまま逃げ回っていても、行動エリアが狭まっていけば、いずれはほかの部隊と遭遇し、戦闘になるというわけだ。

ヴィークルは市街地を通り抜け、ハイウェイに乗った。

リーセリアは晴れ渡った青空に目を向けて、

（レオ君……）

と、胸中で呟《つぶや》く。

……当日になっても、レオニスは戻ってこなかった。

今、隣の座席に座っているのは、レオニスの影武者だ。

「少年、お菓子でも食べるかい？」

「……いただきましょう」

咲耶《さくや》が服の袖口から取り出したカステラを、はむはむと囓《かじ》る影武者。

（……影武者さんは、レオ君のことが心配じゃないのかしら？）

と、そんなことを思うリーセリアである。

「フィーネ先輩、わたしたちの様子って、もう中継されてるんですよね」

レギーナがエルフィーネに訊《き》く。

「ええ、撮影用のドローンが、都市中に散らばっているはずよ」

〈人造精霊《アーティフィシャル・エレメンタル》〉に制御されたドローンは、〈アストラル・ガーデン〉を通じて、各戦術都市の指定会場にある大型スクリーンに競技の様子を中継することになる。

やがて、ヴィークルは市街地を抜けて地下トンネルに入った。

巨大な資材倉庫のような場所で停車すると、車内に音声が流れた。

『ポイントEに到着。第十八小隊のメンバーは、〈聖剣剣舞祭〉開始の合図があるまで、しばらく待機してください』

◆

「えっと、関係者用の観覧席、はここでいいのよね……?」

アルーレは咲耶《さくや》に貰《もら》った観戦チケットを手に、きょろきょろとあたりを見回した。

〈聖剣学院〉の広大な敷地内にある、観戦スタジアムだ。

このスタジアムは一般市民にも解放されており、学院生同士による対抗試合などを、大型スクリーンで観戦することができる。

普段はそれほど観戦者が多いわけではないのだが、今日は〈聖剣剣舞祭〉の中継をするとあって、観戦チケットを手にした市民が押し寄せていた。

(……〈ログナス王国〉の市場より人が多いわ。目眩《めまい》がしそう)

人混みは苦手だった。神聖で静謐《せいひつ》な〈精霊の森〉が恋しくなる。

正直、もう帰ってしまいたい気分だったが、せっかく咲耶のくれたチケットを無駄にするわけにはいかない。

（それに、この時代の実力者の戦いを見ておきたいしね――）

ようやく席を見つけ、腰を下ろそうとしたその時。

観客席の前方に、見知った子供の姿を発見した。

（あれは、ティセラ？　どうしてこんな場所に――）

以前、アルーレが食事の世話になった、孤児院の子供である。

観客席前の通路を、うろうろと迷っているようだ。

「――ちょっと、子供」

声をかけると、ティセラがハッとして振り向いた。

「アルーレさん……？」

ティセラはすぐに気づいて眼《め》を見開く。

アルーレが小さく手招きすると、少女はぱたぱたと近付いて来た。

「こんにちは。アルーレさんも、観《み》に来たんですね」

ティセラがぺこっと礼儀正しく頭を下げてくる。

「……まあ、ね。一応、興味もあったし」

指先でしっぽ髪をいじりつつ、答えるアルーレ。

「えっと、あんたも観《み》に来たの？」

「はい、あの、リーセリアお姉さんにチケットを頂いたので、観に来たんです。けど、席がなかなか見つからなくて……」

ティセラは服の大きなポケットから、チケットを取り出してみせた。

「ふーん、ちょっと見せてみなさい。探してあげる」

アルーレはチケットを受け取ると、番号を確認した。

「ん、これって……あたしの席の隣じゃない」

「そ、そうなんですか？」

そういえば咲耶《さくや》も、あのリーセリアという少女と同じ部隊だった。

関係者席のチケットが連番だったのだろう。

近くに来た売り子から二人分のポップコーンと飲み物を買い、指定の席に座った。

ティセラは、アルーレの隣の席にちょこんと座る。

「あんた、一人で来たの？　保護者は？」

「はい、ここはよく一人で来るんです。普段は訓練試合を映しているので」

「……ふーん、そ」

一〇〇〇年前は、〈ログナス王国〉のような比較的治安のいい国でさえ、城下では人攫《ひとさら》いが横行していて、こんな少女が一人で出歩くことなどできなかった。

しかし、この〈第〇七戦術都市《セヴンス・アサルト・ガーデン》〉では、そういった犯罪はほとんどないようだ。

ましてここは〈聖剣学院〉の敷地内。都市で最も治安のいい場所といえるだろう。

（……っていうか、今はあたしのほうが犯罪組織の側なのよね）

ふと気付いて、少し落ち込むアルーレ。〈魔王〉ゾール・ヴァディスの正体を探るために、最近ではすっかり、〈狼魔衆《ろうましゅう》〉の用心棒として頼られてしまっている。

とはいえ、
やがて、スクリーンには、各養成校の代表選手たちの様子が映し出された。

（……一体、どういう仕組みなのかしら？　精霊か使い魔に〈遠見〉の魔術を使わせて、映像を投影している？）

この時代の魔導技術の進化は、アルーレにはとてもついていけない。

（どうして古《いにしえ》の魔術は廃れて、魔導機器文明がこんなに急速に発展したのかしら？）

と、そんなことを考えていると。

「お、おい、なんだあれ？」

「さ、さあ、どこから入ってきたんだ？」

観客席の後ろのほうで、ちょっとしたざわめきが起こる。

アルーレが振り向くと、

「……なっ……い、犬!?」

思わず、手にしたポップコーンを落としそうになってしまう。

真っ黒な体毛の大型犬が、観客席の間を歩いてくる。人々が道を譲るのは当然、とでもいうかのような、まるで王様みたいな堂々とした態度だ。

（……な、なんで犬が？）

と、アルーレが訝《いぶか》しげに眉をひそめていると、

「あ、モフモフ丸！」

ティセラが立ち上がり、ぶんぶん手を振った。

「……モフモフ？」

犬はティセラに気付くと、ぴょんぴょんと席を飛び越えて接近してくる。

そして、ティセラの隣の席にちょこんと座った。

「モフモフ丸、あなたも来たのね」

「うぉん……」

と、黒い犬は低く唸《うな》った。

「……その犬、知り合いなの？」

「はい。ときどき院に来て、子供たちと遊んでくれるんです」

ティセラはこくっと頷《うなず》いて、犬の顎の下をワサワサ撫《な》でる。

「そ、そう……」

アルーレは戸惑いつつも、モフモフ丸に視線を向ける。

エルフ種族の例に漏れず、アルーレは動物は好きだ。

けれど、この真っ黒な犬に対しては、少し身構えてしまう。

……なぜなら、似ているのだ。

〈不死者の魔王〉の腹心であった、暴虐の黒狼帝《こくろうてい》。

その死の顎門《あぎと》で王国軍を恐怖に陥れた、ブラッカス・シャドウプリンスに。

もちろん、そんなはずはないのだけれど――

夜の闇を剥《は》いで纏《まと》ったような漆黒の体毛と、輝く金色の瞳が、どうしても、あの恐ろしい影の魔物を連想させるのだった。

「……か、噛《か》まないの？」

「大丈夫。モフモフ丸は、とてもいい子なの」

顎下をモフモフされて、漆黒の犬は金色の眼《め》を気持ちよさそうに細める。

（……そ、そうよね、無闇に怖がるのはよくないわね）

気を取り直して、アルーレはスクリーンに視線を戻す。

と、ちょうど、彼女の見知った顔ぶれが紹介されるところだった。

「あ、リーセリアお姉ちゃん！」

ティセラが前のめりになって手をあげた。

第十八小隊のメンバーの顔写真が映し出され、それぞれの〈聖剣〉の特徴、これまでの訓練試合の結果から算出したステータス値のグラフが表示される。

同時に解説者の音声が、屋外スタジアムに響き渡った。

『──さて、次はいよいよ大注目、〈聖剣学院〉特別招待枠の登場ですわ。いまスクリーンに映っているのは、リーセリア・クリスタリア。第十八小隊のリーダーにして、わたくしの永遠のライバル、思えば彼女とわたくしが出会ったのは十数年前、クリスタリア公爵家のパーティーで脱走した大トカゲを──』

『あの、フェンリス嬢、解説は公平に……』

『なにをいいますの、会長！　わたくし、まだまだ語り足りませんわ……むぐぐ』

『えー、一部お聞き苦しい放送があったことをお詫び申し上げます』

雑音が鳴り、解説役の少女の声が突然途切れた。

ともあれ──

〈聖剣学院〉代表の登場に、スタジアムの観客は一気に盛り上がった。

「見て見て、あの子供、可愛《かわい》い♪　何歳なのかしら？」「まだ十歳だって。あと数年も待てば……イケルわね」「ああいう可愛い子に限って、夜の魔王になるのよ」

周囲の観客席で、同じ〈聖剣学院〉の制服を着た少女たちがそんな会話をする。

……あの少年は、一部の少女達《たち》の間で人気のようだ。

「……レオお兄ちゃん」

ふと隣を見れば、ティセラも頬《ほお》を赤くして、スクリーンをみつめている。
（……あらあら、おませさんね）
その表情でいろいろ察したアルーレは、くすっと微笑《ほほえ》んだ。
……恋する少女。ちょっと、羨ましく思ってしまう。
幼い頃から〈勇者〉として育てられた彼女には、恋なんて許されなかった。
ふと、アルーレは一〇〇〇年の過去に想《おも》いを馳せる。
脳裏に思い浮かべるのは、同じ剣の師に学んだ、兄弟子のことだ。
世界を救い続けた本物の〈勇者〉の活躍に、彼女は憧れた。
（……思えば、あれは初恋、だったのかもしれないわね）
けれど、その憧れの〈勇者〉は、人類に敵対する〈魔王〉になってしまった。
（……～って、な、なにを考えてるの、あたしってば）
エルフの少女はぶんぶん首を振り、スクリーンに目を戻すのだった。

◆

——帝国標準時間一〇四〇《ヒトマルヨンマル》。
魔力灯の照明の灯《とも》る地下の空間で、リーセリア達《たち》は競技開始の合図を待つ。

リーセリアとエルフィーネは、端末を挟んで戦術の打ち合わせ。レギーナは壁を使ったストレッチを。咲耶《さくや》は〈桜蘭《おうらん》〉名物の寿司ロールを頬張《ほおば》っている。レオニスの姿をしたシャーリは、咲耶の寿司ロールが気になるようで、チラチラ盗み見ていた。

と、ストレッチをしていたレギーナが顔を上げ、

「初期配置が地下ってことは、ほかの部隊に見つかりにくい分、少し有利ですね」

「うーん、そうとも限らないわ」

リーセリアが冷静に首を振る。

「あらかじめ地の利があれば別だけど、入り組んだ〈戦術都市〉の地下は、密林と変わらない。地上で戦うのとはまた違う戦術が求められるもの」

無数にある地下のルートを分析して、ほかの部隊の動向を推測。序盤から派手な戦闘の発生しやすい地上に比べて、よりテクニカルな部隊運用が求められる。

「ちなみに、地下四階層より下は進入禁止エリアよ。〈リニア・レール〉の路線があるから、壊されたくないんでしょうね」

エルフィーネが、端末のマップをみんなに見せた。

今回の〈聖剣剣舞祭〉のレギュレーションでは、端末の携行は認められている。

ただし、一部のエリア以外では、通信機能が制限されてしまうようだ。

実戦で遭遇する、〈ヴォイド〉のＥＭＰ《超高密度魔力波動》バラージの影響を再現しているのだろう。

「同じエリアにいる部隊は、どこの養成校ですかね」

「同じ〈聖剣学院〉の代表とあたる可能性は、低いと見ていいわね。シャトレス殿下の部隊はたぶん、地上に配置されるから、序盤に遭遇することはないでしょうね」

訊《たず》ねるレギーナに、リーセリアが答える。

前評判の高い部隊は、序盤から地上の激戦区に配置され、〈聖剣剣舞祭〉を盛り上げる役目を暗に期待されている。運営側の立場で考えれば、前回優勝校、それも圧倒的な人気とカリスマを誇るシャトレスの部隊を、地下に配置することはないだろう。

「今朝のミーティングでも話したけど――」

エルフィーネが、撮影用ドローンを気にするように、声を潜めて言った。

「〈第〇四戦術都市《フォース・アサルト・ガーデン》〉の〈アカデミー〉の部隊には、少し注意して」

〈アカデミー〉は、どちらかといえば研究者タイプの〈聖剣士〉の集まる養成校で、〈聖剣剣舞祭〉での成績で上位に食い込んでくることはほとんどない。

無論、トップ層の実力はそれなりに高いはずだが、最大規模の〈聖剣学院〉、エリートの集まる〈エリュシオン学院〉のような強豪に比べると、注目度は低い。

しかし、〈第〇四戦術都市〉の総督は、あのディンフロード・フィレット伯爵。

そして、フィンゼル・フィレットは〈アカデミー〉の出身だ。

「〈魔剣計画〉の研究は、〈アカデミー〉で行われていた可能性があるわ。彼らが〈聖剣剣舞祭〉で、なにかするとは考えられにくいけど、留意しておいて」

……〈聖剣剣舞祭〉開始まで、あと一分を切った。

リーセリアは緊張の面持ちで立ち上がる。

「――セリアさん」

と、レオニスの姿をしたシャーリが、彼女の制服の袖をくいっと引いた。

「……レオ君、どうしたの？　お菓子？」

「違います」

シャーリは憮然《ぶぜん》として答えた。

「繰り返しますが、わたしはあくまで、最低限の援護しかしませんので」

「ええ、大丈夫よ」

リーセリアはこくっと頷《うなず》く。

「レオ君と、あなたに鍛えて貰《もら》った成果、きっと見せてあげる」

「……そうですか」

シャーリはふいっと目を逸《そ》らし、

「……まあ、努力と根性は認めましょう。よく頑張りましたね」

「あ、ありがとう」

リーセリアは、はにかむように微笑《ほほえ》んだ。

――そして、帝国標準時間一一〇〇《ヒトヒトマルマル》。

〈聖剣剣舞祭〉開始の合図が、〈第〇八戦術都市《エイス・アサルト・ガーデン》〉全体に鳴り響いた。

『〈聖剣〉――アクティベート！』

第十八小隊の全員が同時に唱和し、〈聖剣〉を顕現させた。

レギーナの〈竜撃爪銃《ドラグ・ストライカー》〉、咲耶《さくや》の〈雷切丸《らいきりまる》〉、エルフィーネの〈天眼の宝珠《アイ・オヴ・ザ・ウイッチ》〉、リーセリアの〈誓約の魔血剣《ブラッディ・ソード》〉。そしてレオニスも、〈聖剣〉として登録しているレプリカの〈封杖の魔杖《まじょう》〉を召喚した。

〈聖剣剣舞祭〉のルールで学院の対抗戦と違う点は、〈聖剣〉を破壊された時点で、即退場となることだ。一度破壊された〈聖剣〉を、再度顕現させることは認められない。

ゆえに選手達《たち》は、常に〈聖剣〉を顕現させた状態でなければならないのだ。

リーセリアは、レギーナ、エルフィーネ、レオニスの三人を見て口を開く。

「事前の作戦通り、わたしたち四人は〈コア・フラッグ〉の奪取に向かうわ」

こくっと同時に頷《うなず》く三人。

それから、咲耶のほうを向くと、

「咲耶、任せたわね」

「うん、心得た。せいぜい、かき回してくるよ」

と、〈雷切丸〉を軽く振り上げ、頷く咲耶。

咲耶は一人地上に出て、敵部隊の偵察。可能であれば、強襲《ヒット》と撤退《アウェイ》を繰り返し、常に注意を引きつける。いわば、超攻撃的な囮《おとり》の役目だ。

第十八小隊の最強戦力を、敢《あ》えて切り離して運用することで、敵部隊の情報を攪乱《かくらん》し、注意を分散させることができる。無論、こんな作戦は、咲耶の圧倒的な実力と、〈雷切丸〉の権能による超加速がなければ成立しない。

「全部先に掃除してしまうかもしれないけどね」

「強襲は慎重に。メインはあくまで偵察と攪乱よ」

リーセリアが苦笑しつつ釘を刺す。

「――それじゃ、行きましょう！」

リーセリアが〈誓約の魔血剣《ブラッディ・ソード》〉を手に、凛《りん》とした声を上げた。

◆

――同時刻。

〈エリュシオン学院〉代表、シャトレス・レイ・オルティリーゼの率いる第一小隊は、〈セントラル・ガーデン〉の中央で、〈聖剣〉を起動した。

「さすがは姫様、注目度メチャ高いですねぇ」

猟銃型の〈聖剣〉を肩に担いだ青年が、軽い口調で言った。

「銀血の天剣姫《シルバーブラッド・ソーディア》の魅惑的なスナップショット、いっぱい撮られちゃってますよ」

事実、第一小隊の周囲には、撮影用のドローンが三機も飛んでいる。

「余計な口を叩《たた》くな、コルト」

シャトレスが冷たく睨《にら》むと、コルトと呼ばれた青年は口をつぐんだ。

軽薄そうに見えるが、彼のスナイパーとしての能力は随一だ。

当然だが、この部隊に無能はいない。一人一人が最高峰のエリートたちでありながら、指揮官であるシャトレスには絶対服従。規律正しく、彼女の手足のように動く。

癖の強いエリート部隊を束ねることができているのは、シャトレスが王族だからではな
く、彼女自身の圧倒的な実力を、部隊の全員が認めているためだ。

シャトレス部隊のメンバーは、彼女の指揮を忠実に実行する駒。

指揮官にとって理想的な部隊にも思えるが、それは同時に、敗北したときの全責任を、
シャトレス一人が負うことになる、ということでもある。

その強烈なプレッシャーを、彼女は受け止《と》めている。

三王家の役目は、人類が〈ヴォイド〉と戦い抜くための旗印となることだ。この程度の
プレッシャーを受け止められぬようでは、王族たる資格はない。

「――あ、発見しました。蟲《むし》が第Ⅳエリアの大型ビルに隠れてますね」

と、のんびりした少女の声が報告した。

端末を手にした彼女は、感知系の〈聖剣〉使いだ。

「どこの部隊だ？」

「〈聖エルミナス修道院〉の第四聖歌隊です。〈聖剣〉の能力は――」

「いい。全員分、把握している」

シャトレスは首を振った。

「ここで我々と当たるとは、相手方にとっては不運だったな」

いかめしい面をした、長身の男が言った。

彼はオルティリーゼ家に仕える執事の家系だ。

「姫殿下、俺の〈聖剣〉で、敵陣の切り崩しをいたしましょうか」

「いや、わたしがやる。観客のために、デモンストレーションも必要だろう」

彼女にとって、この〈聖剣剣舞祭〉での勝利は義務だ。

ただの勝利では足りない。圧倒的な強さを見せつけ、真正面から蹂躙《じゅうりん》する。

それでこそ王家の威光は高まり、人類の守護者としての希望を見せることができる。

シャトレスが〈聖剣〉をすらりと抜き放った。

陽光を反射して煌《きら》めく、白銀の大剣だ。

「〈聖剣〉――〈神滅の灼光《ラグナ・ノヴァ》〉」

彼女はその剣を天高く掲げると、一気に振り下ろした。

一瞬の閃光《せんこう》が、空を奔《はし》り――

ズオオオオオオオオオオオオオンッ！

遥《はる》か彼方《かなた》のビルが斜めに切断され、上部分が崩壊した。

「姫様、あまり派手にやると怒られますよ」

コルトが呆《あき》れた表情で呟《つぶや》く。

「狙いははずしてある。巻き込まれて死ぬような間抜けはいない」

光り輝く剣を静かに下ろし、シャトレスは首を振った。

「あのー、建造物の破壊はマイナスポイントになるんじゃ……」

「構わん。ポイントなど、〈コア・フラッグ〉一つで帳消しだ」

ビルを破壊してみせたのは、観客向けのデモンストレーション。

シャトレスの派手な立ち回りは、運営側も望んでいるものだ。

「さて、狩りに行くぞ。とりあえずの目標は――」

と、シャトレスは、多少見晴らしのよくなった空を眺めつつ、言った。

「――〈聖剣学院〉、第十八小隊。リーセリア・クリスタリア」

第九章　ヴォイド・シフト

Demon's Sword Master of Excalibur School

カンカン、と無人の地下トンネルに複数の靴音が響く。

リーセリア達《たち》は隊列を組み、入り組んだ地下通路を走っていた。

先行する二機の〈天眼の宝珠《アイ・オヴ・ザ・ウイッチ》〉が、サーチライトのようにあたりを照らし、誘導と敵部隊の探査、罠《わな》の確認を同時にこなす。

本来はシンプルな構造の物資搬入路なのだが、各所で隔壁が閉ざされており、さながら地下迷宮のような様相を呈している。

「みんな止《と》まって――」

エルフィーネが声を発した。

「半径一〇〇メルト以内に、〈コア・フラッグ〉の反応があるわ」

〈コア・フラッグ〉は微弱な魔力パターンを発信している。探査系の〈聖剣〉使いは、そのパターンを感知して、おおまかな位置を探ることができるのだ。

「移動はしていないみたい。まだどの部隊も手を出していないようね」

「距離は結構近いけど、こう迷路みたいな場所だと、かなり回り道する必要がありそうですね。フィーネ先輩、階層はわかりますか？」

リーセリアが訊《たず》ねる。

「上の階層——おそらく、二階層だと思う」

リーセリア達《たち》の現在位置は、地下四階層だ。付近の階段は隔壁で封鎖されているため、また地下を彷徨《さまよ》って、別の階段を見つけなければならない。

（先を越される可能性もあるわね……）

端末の地図に目を落としつつ、リーセリアはむむ、と唸《うな》った。

どの隔壁が閉ざされているのかは、地図の情報だけではわからない。

「この先に、昇降機《エレベータ》がありますよ」

レギーナが前方の金属扉を指差した。物資搬送用の大型昇降機だ。

「あれ、使えるのかしら？」

「通路の魔力灯は点灯してますし、運営側が制限をかけていなければ使えるはずよ」

〈天眼の宝珠《アイ・オヴ・ザ・ウイッチ》〉を従えて、操作パネルに近付くエルフィーネ。

「制御はこっちで乗っ取ってしまえばいいし」

「さ、さすが、フィーネ先輩ですね」

ふふっと微笑《ほほえ》むエルフィーネに、リーセリアは思わず、苦笑してしまう。

「……あら？」

——と、パネルに触れようとしたエルフィーネの指先が、止《と》まった。

「どうしたんですか？」

「この昇降機、動いてる。降りてきてるわ」

「……っ⁉」

リーセリアは〈聖剣〉を構え、距離を取って身構えた。

その数秒後。唸るような音をたて、扉が開く。

「――え？」

そこに現れたのは、巨大な金属製のヤドカリ、だった。

「……これって、〈ヴォイド・シミュレータ〉⁉」

学院生の訓練に使われている、多脚装甲兵器だ。

中央にある巨大な単眼が赤く輝く。そして――

跳ねるように、一気にリーセリアのほうへ突進してくる。

「……っ⁉」

ギイイイイイイイイイイッ――！

咄嗟《とっさ》に、リーセリアは〈聖剣〉の刃《やいば》で受け止める。

――が、衝撃は殺せず、そのまま派手に吹っ飛ばされた。

（……っ、な……なんなの！）

数十機の新型〈ヴォイド・シミュレータ〉が、障害オブジェクトとして、〈聖剣剣舞祭〉に投入されていることは知っていた。

（……でも、まさか昇降機《エレベータ》を使って、積極的に攻撃を仕掛けてくるなんて）

「よくもお嬢様をっ！」

レギーナが〈竜撃爪銃《ドラグ・ストライカー》〉を発砲する。

火花が散り、弾丸は金属の装甲にあっさり弾《はじ》かれる。

強化メタハルコン製のボディは、〈竜撃爪銃〉の火力では破壊できない。

学生にとっては訓練用のマシンだが、本来は、〈ヴォイド〉侵攻の際に大型火砲を搭載し、〈聖剣士〉の援護にあたる強力な装甲兵器なのである。

〈ヴォイド・シミュレータ〉が、巨大な前脚を振り下ろした。

リーセリアは地を蹴って回避。

ズンッ――と、コンクリートの床に大穴が空く。

「フィーネ先輩、〈ヴォイド・シミュレータ〉の〈人造精霊《アーティフィシャル・エレメンタル》〉にハッキングを――」

「ええ、試みてるわ――」

「おおっと、そいつはさせねっスよ！」

リーセリアはハッと顔を上げた。

天井のダクトに、小柄な少年が張り付いていた。

同時、少年は右手から、バッと投網のようなものを投げかける。

「きゃあっ！」

たちまち投網に絡み付かれ、身動きが取れなくなってしまうエルフィーネ。

「フィーネ先輩⁉」

「へへ、〈聖剣〉――〈捕食者の網《プレデターズ・ウエブ》〉。生きてる投網からは脱出不可能っス」

「その制服、〈教導軍学校〉の部隊ね――」

〈教導軍学校〉は〈第〇二戦術都市《セカンド・アサルト・ガーデン》〉の聖剣士養成校だ。旧帝国騎士団の士官学校を前身とした軍事教練校で、その創立は〈聖剣学院〉よりも旧《ふる》い。

「ラッキーっスね。開幕早々、落ちこぼれ小隊を食えるなんて」

「罠《わな》を張られてた、みたいね」

リーセリアが呟《つぶや》くと、

『――ソウイウコト・デス』

〈ヴォイド・シミュレータ〉が、嘲るような機械音声を発した。

「魔導機器に干渉して、遠隔操作するタイプの〈聖剣〉ね」

網に捕まったエルフィーネが呟く。

「落ちこぼれ小隊？　わたしたちを舐《な》めすぎですよっ！」

レギーナが〈竜撃爪銃〉を発砲した。

「おおっと――」

が、彼は素早くダクトの裏に身を隠し、

「〈ヴォイド〉さえ捕らえる〈聖剣〉っス。一度捕まれば逃げられないっスよ」

バッ、とレギーナめがけて〈捕食者の網《プレデターズ・ウエブ》〉を投げ放つ。

「ふあああっ！」

「レギーナ！」

レギーナは〈竜撃爪銃《ドラグ・ストライカー》〉を撃つも、抵抗虚《むな》しく絡み付かれてしまう。

――ばかりか、そばにいたレオニスまでもが、あっさり捕まってしまった。

「うわー、大変です。捕まってしまいましたー」

蠢《うごめ》く網の中でもがくレオニス。……ものすごい棒読みだった。

「ちょっと、レオ君!?」

リーセリアは思わず叫んだ。

……絶対、わざと捕まったに決まっている。

（……～っ、た、たしかに、手助けはしないって言ってたけど……）

そもそも、レオニスはずっと存在感を消して、目立たないようにしていた。

敵の部隊の〈聖剣〉使いも、ほとんど存在を無視しているようだ。

影武者の中の人は、なにか、存在感を消す術を身に付けているのかもしれない。

（……本物のレオ君なら、ちょっとは助けてくれるのに）

胸中で呟《つぶや》きつつ、リーセリアは地を蹴った。〈ヴォイド・シミュレータ〉の攻撃を身を屈《かが》めて躱《かわ》し、エルフィーネの元へ一足飛びに駆け抜ける。

エルフィーネの〈天眼の宝珠《アイ・オヴ・ザ・ウイッチ》〉は、攻撃モードの〈魔閃雷光《レイ・オヴ・ヴォーパル》〉に形態変換《モード・シフト》することで、広範囲精密攻撃を行える。

だが、今の彼女の状態では、形態変換のための精神集中をすることができない。

（わたしが、網を斬れば――！）

「はっ――お前も餌食っス、クリスタリアの落ちこぼれ！」

頭上に広がる、投網の〈聖剣〉――

瞬時に、リーセリアは〈聖剣〉の刃《やいば》を振るった。

ヒュンッ、ヒュンヒュンッ、ヒュンッ――！

〈誓約の魔血剣《ブラッディ・ソード》〉の刃より放たれた無数の血の刃が、投網を一瞬で斬り刻む。

「――なに!?」

「わたしには通じないわっ！」

乱舞する血の刃をしたがえて、エルフィーネのもとに駆け寄るが――

「おっと、そうはさせんぜ！」

地下通路に大音声《だいおんじょう》が響き渡った。

同時、奥の暗闇から、何かが放たれる。

「……っ!?」

咄嗟《とっさ》に、地を蹴って横に飛ぶリーセリア。

なにかが、紙一重でリーセリアの頬《ほお》をかすめ——

ゴッ——!

背後で、コンクリート壁の砕ける音がした。

(……新手!?)

リーセリアは〈吸血鬼〉の眼《め》で闇の奥を見据《みす》えた。

大柄な男の影が、余裕たっぷりの足取りで近付いてくる。

「ほうほう、躱《かわ》したか。落ちこぼれ部隊の癖にやるじゃねぇか」

明かりの下に現れたのは、鎖を手にした巨漢だった。

「大蛇使い、カイザル・ブフロップ……」

舌を噛《か》みそうになるその名前を、リーセリアは口の中で呟《つぶや》いた。

カイザル・ブフロップ。〈教導軍学校〉の誇る、エース・アタッカーだ。

その〈聖剣〉——〈破砕大蛇《クラッシュ・ヴァイス》〉は自律して動き、〈ヴォイド〉さえも噛み砕く。

〈ヴォイド・シミュレータ〉と、投網の〈聖剣〉使いは足止め役。

勝負を決めるのは、彼なのだろう。

「シャトレスとやる前に、少しは楽しませてくれよなっ——!」

カイザルが逞しい腕を振り上げた。

〈聖剣〉の鎖が宙を舞い、瞬時に彼の手元に戻る。

鎖の尖端《せんたん》に付いているのは、鉄球ではない。

ギザギザの歯を持つ、金属製の顎だ。

「うらああああああっ！」

鎖を振り回し、投げ放つカイザル。

「……っ!?」

リーセリアはステップを踏み、軽やかに回避する。

――が、鎖の軌道が、途中で変化した。

物理法則を無視した動きで反転すると、リーセリアの背後から襲いかかってくる。

（使用者の意思とは無関係に攻撃する、半自立型の〈聖剣〉……！）

身を捻《ひね》り、〈誓約の魔血剣《ブラッディ・ソード》〉でガードする。

――が、変幻自在の鎖は刃《やいば》に巻き付き、そのままリーセリアの身体《からだ》を引き倒した。

「きゃあっ！」

――だが、〈誓約の魔血剣〉は手放さない。

「我が刃よ、躍れ――〈血華閃《けつかせん》〉！」

〈誓約の魔血剣〉の刃が輝き、ほとばしる血の刃が絡み付く鎖を引き剥《は》がした。

「はああああああああっ！」

即座に立ち上がり、体勢を立て直す。

「ははっ、やるじゃねーか、クリスタリアのお嬢様！」

カイザルが鎖を引いた。

蛇頭が鎌首をもたげ、ふたたびリーセリアに襲いかかる——！

乱舞する血の刃《やいば》が、リーセリアを守るように屹立する。しかし、〈ヴォイド〉すら噛《か》み砕く〈破砕大蛇《クラッシュ・ヴァイス》〉は、血の刃をものともしない。

やむを得ず、バックステップで後退した。距離をとれば、不利になることはわかっているが、間合いを詰める隙が無い。

「ははっ、どうした、どうしたぁ！」

ゴッ、ゴッゴッ、ゴオオオオオオオンッ——！

不規則に軌道を変える鎖が、地下通路の壁を穿《うが》つ。

「ちょこまか逃げるなよ！　建物を壊しすぎると、ポイントが減るだろーが！」

ゴッゴッ——ゴガンッ！

振り回した勢いのまま、〈ヴォイド・シミュレータ〉を横殴りにした。

（……っ、このままじゃ、追い込まれるだけね——）

リーセリアは覚悟を決めた。

魔力を脚に集中させ、側面の壁を蹴り上げる。

「……なに⁉」

一気に壁を駆け抜け、カイザル・ブフロップを強襲する――！

「おっと、させねえっスよ――」

「……っ⁉」

ダクトの上の少年が、投網の〈聖剣〉を放った。

血の刃が投網を瞬時に斬り捨てるが、網の一部が脚に絡まる。

魔力の集中が乱れ、地面に落下する。

転倒こそしなかったものの――

「うらあああああっ！」

カイザルはその隙を逃さない。即座に〈破砕大蛇《クラッシュ・ヴァイス》〉をけしかける。

リーセリアは〈聖剣〉の刃で顎門《あぎと》を受け止《と》めて――

勢いを殺しきれず、激しく吹っ飛ばされた。

「セリア！」「セリアお嬢様！」

「……かっ……はっ――！」

床に叩《たた》き付《つ》けられる。

全身の骨がバラバラになるような衝撃。

「……くっ……！」

それでも、〈誓約の魔血剣《ブラッディ・ソード》〉を手に、膝を突いてなんとか立ち上がる。

（どう……して、魔力を使ってるのに……なんだか、身体《からだ》が重──）

──その時。不意に、リーセリアの脳裏に、閃《ひらめ》いたことがあった。

（あ──）

振り向いて、投網の中にいるレオニスのほうへ視線を向ける。

「──レオ君！」

リーセリアが呼びかけると、レオニスは「？」という顔をした。

「あれ、もう外してもいい、いい、いい？」

「……？」

レオニスは──

きょとん、とした表情で、数秒間固まって──

やがて、ハッと気付いたように眼《め》を見開いた。

すぐに親指をたてて、こくこく頷《うなず》く。

「ああ、なんのことだ？」

カイザルは余裕の表情を浮かべたまま、〈破砕大蛇《クラッシュ・ヴァイス》〉をヒュンヒュンと振り回す。

「──寝るときも着けてたから、すっかり忘れてたわ」

リーセリアは、四肢に魔力を収斂《しゅうれん》し、一気に解放した。

瞬間。腕と脚に着けた影が同時にパキンと割れ、足元の影に落ちる。

「……？　一体、なにを——」

「……すごい。信じられないくらい、身体が軽い……」

驚きに眼を見開き、その場でとんとんと軽く跳ねるリーセリア。

「はっ、なんだか知らねえが、これでおわりだっ！」

カイザルが、とどめとばかりに〈破砕大蛇《クラッシュ・ヴァイス》〉を投げ放った。

刹那。リーセリアの姿が消えた。

「え——？」

音もなく。ただ、一陣の風が吹き抜けて——

「——後ろよ」

「……っ!?」

カイザルの背後で、白銀の髪が揺れた。

「峰打ちにしてあげる」

「あ……がっ……！」

——剣線が閃いた。

〈教導軍学校〉のエースは一瞬で意識を失い、〈破砕大蛇《クラッシュ・ヴァイス》〉は虚空《こくう》に消える。

その直後、ダクトの上から、なにかがドサッと地面に落ちた。

もう一人の投網の〈聖剣〉使いも、白目を剥《む》いていた。

◆

『やりました！　〈聖剣学院〉第十八小隊、開始早々、強豪〈教導軍学校〉のエース、カイザル・ブフロップ選手を撃破し、ポイントを獲得しました！』

実況の声が響くと、スタジアムに割れんばかりの歓声が湧き起こった。

「リーセリアお姉ちゃん、すごい！」

ティセラが目を輝かせ、食い入るようにスクリーンを見つめている。

（――たしかに、すごいわね）

アルーレ、あるいは咲耶《さくや》に比べれば、あの少女の剣技はまだ未熟だ。

しかし、敵のエースを倒した時に見せた、あの身体能力。以前、〈第〇六戦術都市《アレクサンドリア》〉で共闘した時と比べると、格段に成長しているように見える。

『ふっ、カイゼル選手を倒したのは、リーセリア・クリスタリアですわ！　わたくしのライバルを名乗るにふさわしい活躍でしたわね！』

『……っ、フェンリス嬢、勝手に実況するのはやめてください』

『あっ、な、なにをしますの！　まだ話し足りませんわ――』

◆

「やりましたねっ、セリアお嬢様！」

投網の〈聖剣〉から抜け出したレギーナは、リーセリアとハイタッチした。

〈聖剣〉を失い、退場となった〈教導軍学校〉の二人の〈聖剣〉使いは、悔しそうに憎まれ口を叩《たた》きながら、通路の奥へ消えていった。

敗北した選手は、非戦闘エリアに向かうか、管理局の迎えが来るまで、その場で待機することになる。ちなみに、〈ヴォイド・シミュレータ〉を操っていたもう一人の〈聖剣〉使いは、すでに遠く離れた場所へ逃げたようだ。

「それにしても、お嬢様、突然動きが変わりましたよね」

と、レギーナが頭に疑問符を浮かべて訊《たず》ねてくる。

「え、えっと、初めての〈聖剣剣舞祭〉で、緊張してたのよ」

リーセリアはぱたぱた手を振り誤魔化《ごまか》した。

それから、レオニスの姿をしたシャーリのほうを振り返り、

「影の枷《かせ》のこと、すっかり忘れて生活していたわ」

「ほ、本来なら、あの程度の相手は、枷《かせ》をつけても倒していただかなくては」

こほんと咳払《せきばら》いするシャーリ。

……まさか、影の枷のことをすっかり忘れていた、とは言えなかった。

「それじゃあ、〈コア・フラッグ〉を奪取しに行きましょう」

レギーナが昇降機《エレベータ》のほうへ足を向ける。

「あ、待って。その前に、咲耶《さくや》に〈教導軍学校〉撃破の報告をしましょう」

エルフィーネが〈宝珠〉と繋《つな》いだ端末を操作して——

「……おかしいわね」

と、首を傾《かし》げる。

「どうしたんですか?」

「咲耶と通信が繋がらないわ」

◆

帝国標準時間一一四〇《ヒトヒトヨンマル》——〈セントラル・ガーデン〉。
「あのお姫様ってば、無茶苦茶《むちゃくちゃ》するのねぇ。もう少し楽しもうと思ったのに」
倒壊したビルの瓦礫《がれき》の下で——

〈聖エルミナス修道会〉の修道服を着た少女は、くすりと嗤《わら》った。

開幕早々、ティアレス・レイ・オルティーゼの〈聖剣〉によって、遮蔽物のビルを破壊され、その後の強襲により、第四聖歌隊はわずか一〇分であっさり壊滅した。

「それにしても、あのお姫様の〈聖剣〉。〈魔剣〉に堕《お》とせば、さぞかし良い贄《にえ》となるでしょうねぇ――」

ニィ、と少女は不自然に赤い唇を歪《ゆが》める。

しかし、〈魔剣〉を用意するのは、別の部隊の役目だ。

彼女の役割は、この人類の都に、〈虚無〉の世界の一部を重ね合わせること。

偉大なる〈女神〉の声を、あまねく人類に届けるために――

イリス・ヴォイド・プリエステス。

女神の〈使徒《アポストル》〉――虚無の意思の代行者。

最上位の〈不死者《アンデッド》〉にして、〈不死魔王軍〉の大幹部。

「それじゃあ、始めましょうか――〈虚無転界《ヴォイド・シフト》〉を」

〈闇の巫女《みこ》〉が、三角錐《さんかくすい》の石を取り出した。

〈女神〉の魂の欠片《かけら》――〈虚無の根源《トラペゾヘドロン》〉。

すべての光を吸収する漆黒の石は、宙に浮かんで固定される。

その座標は、ちょうど〈セントラル・ガーデン〉の中心であり、真下には、この〈第〇《エイス・》八戦術都市《アサルト・ガーデン》〉の心臓部である、二基の〈魔力炉〉が稼働している。

〈魔力炉〉——ほとんどの人類は、その無尽蔵なエネルギーの正体を知らない。

その正体は、滅びた神々の残骸ということを——

そして、この〈第〇八戦術都市〉に組み込まれている〈魔力炉〉は、一基は通常の亜神の残骸を、そしてもう一基は、異界の神の残骸を埋め込んでいる。

それはすなわち、疑似的な次元転移機能を有している、ということだ。

「〈天空城《アズール・フォート》〉のコピーとしてはお粗末ですけど。〈女神〉のもたらす超魔導機器文明の知識は、人間共には過ぎたるものねぇ——」

宙に浮かんだ〈女神の欠片《かけら》〉が、共鳴するように黒く輝く。

時限転移機能を搭載した、二基目の〈魔力炉〉と同調をはじめたのだ。

「さあ、儀式をはじめましょう。偽りの世界のヴェールは破れ、真の世界が姿を現す。人類最後の要塞たるこの都市こそが、すべての始まりとなりましょう」

ピシリ——と、〈女神の欠片〉の周囲の空間に亀裂が走った。

「ふふ……うふふ、ふふふ……」

〈ヴォイド〉など、この世界に滲《にじ》み出てくる染みにすぎない。

その染みに、人類は絶滅寸前まで追い込まれたのだ。

しかし、これから起きるのは——決壊。

巨大なダムも、ほんの小さな亀裂が切っ掛けとなって崩壊する。

ゆらり、と彼女の背後で、複数の人影が立ち上がった。

シャトレスの攻撃で壊滅したはずの、〈聖エルミナス修道会〉の第四聖歌隊だ。

彼らは虚《うつ》ろな瞳で、虚空《こくう》の〈女神の欠片〉を見上げた。

「さあ、炉に贄《にえ》を焼《く》べましょう。虚無の世界を、ここに――」

〈闇の巫女《みこ》〉が指を鳴らすと、彼らはその手に〈魔剣〉を顕現させた。

◆

帝国標準時間一一四五《ヒトヒトヨンゴウ》――第Ⅲ工業特区。

瓦礫《がれき》の散乱する地面に、〈聖剣学院〉の制服を着た五人が倒れ伏していた。

――〈聖剣学院〉第五小隊の〈聖剣士〉達《たち》だ。

特別招待枠の第十八小隊とは異なり、ほぼ最上級生で構成されたエリート部隊。これまで、〈ヴォイド〉の〈巣《ハイヴ》〉の討伐任務を何度もこなしてきた。

「……っ、なぜ……だ……俺たち……が――」

まだ意識のあるリーダーの男が、呻《うめ》き声を発した。

第五小隊が敗北を喫したのは、〈第〇四戦術都市《フォース・アサルト・ガーデン》〉の〈アカデミー〉の部隊だ。事前の調査では、第五小隊の実力は相手を大きく上回っているはずだった。

「……」

地に伏した敗者達《たち》を、〈アカデミー〉の部隊が見下ろしている。

だが、その眼《め》は勝利を喜ぶでも、敗者を哀れむでもない。

全員が、まるで感情を失った、虚無をたたえた眼をしていた。

「――炉に贄《にえ》を焼べよ。〈虚無〉の〈女神〉を迎えるために」

「――いまこそ、〈虚無〉への門は開かれん」

なにか、厳かな聖句でも唱えるように、一斉に唱和する。

「……な、なんだ？　お前達、一体……なにを……！」

彼らの意識は、脳に埋め込まれたデバイスによってリンクしている。

デバイスに埋め込まれているのは、フィレット社の〈人造精霊《アーティフィシャル・エレメンタル》〉――〈熾天使《セラフィム》〉だ。

〈熾天使《セラフィム》〉は、虚無世界の〈女神〉の声を仲介し、〈魔剣〉の力を覚醒させる。

フィンゼル・フィレットの開発した、このシステムの有効性は、〈桜蘭《おうらん》〉の〈剣鬼衆《けんきしゅう》〉を使った実験で実証済みだった。

「――〈聖剣〉を贄とし、〈虚無〉の化身をここに」

〈アカデミー〉の部隊は、まったく同じ動きで〈聖剣〉を一斉に振り上げた。

――否、〈聖剣〉ではない。それは、すでに〈魔剣〉へと変貌している。〈聖剣〉としての個性は失われ、おぞましい触手のような刃《やいば》と化していた。

――〈帝都〉を虚無世界に転移させる、〈虚無転界《ヴォイド・シフト》〉計画。

その計画に合わせ〈魔剣〉を調達するのが、この部隊の役目だ。〈聖剣〉と力の源を同じくする〈魔剣〉は、強大な〈ヴォイド〉を招来する呼び餌となる。

優秀な〈聖剣士〉の集う〈聖剣剣舞祭〉は、贄を調達するのに最適の狩り場だった。

「……や、やめろ！　だ、誰かっ……助……け――」

第五小隊のリーダーの悲鳴が、虚《むな》しく響き渡る。

〈第〇八戦術都市《エイス・アサルト・ガーデン》〉には、帝国騎士団所属の〈聖剣士〉が監督役として配備されているが、この異様な事態に、駆け付けてくる様子はない。上空を飛ぶ数機の撮影用ドローンは、すでに〈熾天使《セラフィム》〉によって掌握され、観戦会場にはダミーの映像が流れている。

触手の〈魔剣〉が、倒れ伏した第五小隊のリーダーの背中に振り下ろされ――

「――やあ、楽しそうだね。なにをしているんだい？」

「……!?」

と、背後から聞こえたその声に、〈魔剣〉使いは同時に振り向いた。

――いつの間にか。気配もなく、その少女はそこに立っていた。

〈聖剣学院〉の制服の上に、〈桜蘭〉の伝統服を羽織った、青髪の少女。

「ボクと同じ、〈魔剣〉の気配がすると思って来てみれば――」

雷火を纏《まと》う刀を手に、咲耶《さくや》・ジークリンデはゆっくりと歩を進める。

「〈第〇四戦術都市《フォース・アサルト・ガーデン》〉の〈アカデミー〉か。やっぱり、エルフィーネ先輩の警告していた通りだったね」

「――なんだ貴様は？　〈聖剣学院〉の剣士が、一人で？」

〈魔剣〉使いたちは、警戒するように咲耶を取り囲んだ。

咲耶は脚を止《と》めると、〈雷切丸《らいきりまる》〉の刃《やいば》を返し、

「覚悟しなよ、〈魔剣〉使い――」

左眼《め》の眼帯をむしり取った。

眼帯の下に現れたのは、煌々《こうこう》と輝く琥珀色《こはくいろ》の眼だ。

――〈魔王〉が彼女に与えた、〈時の魔神〉の〈魔眼〉。

「ボクは――〈魔剣〉を狩る者だ」

第十章　銀血の天剣姫《シルバー・ブラッド・ソーディア》

Demon's Sword Master of Excalibur School

「……だめね。全然繋《つな》がらないわ」

イヤリング型の通信端末に手を触れ、エルフィーネは首を振った。

「どこかの部隊と交戦中なのかも――」

「ええ、端末の表示を見る限り、退場したわけではなさそうね」

「咲耶《さくや》だし、大丈夫ですよ」

「そ、そうね、咲耶だしね」

レギーナの言葉に、頷《うなず》くリーセリア。

心配しつつも、咲耶に対しては謎の信頼があった。

〈教導軍学校〉の二人を撃破した第十八小隊は、昇降機《エレベータ》で地下二階層へ上がった。

「――あったわ、〈コア・フラッグ〉よ」

先行するエルフィーネの〈宝珠〉が、壁際のツールボックスの前で明滅した。

部隊コードを打ち込んでツールボックスを開けると、宝石のような形のオブジェクトが入っていた。学生どうしの訓練試合で使用される、一般的な〈コア・フラッグ〉だ。

「まずはひとつめ、やりましたね！」

リーセリアが指先で触れ、指紋と魔力パターンを読み込ませると、第十八小隊の端末にフラッグポイントが加算された。

「大変なのはここからよ。これを守り続けないと」

リーセリアは制服のポケットに宝石をしまう。ほかの部隊に〈コア・フラッグ〉を奪われれば、せっかく入手したポイントの半分が失われることになってしまうのだ。

フラッグポイントのほかに、端末の部隊情報には〈教導軍学校〉の二人を倒したポイントも加算されていた。エースであるカイザルのほうは、ポイントが高いようだ。

「――ひとまず、昇降機で地上に出ましょう」

「そうね、咲耶のことも心配だし……」

頷くエルフィーネ。

このまま地下に隠れていれば、ほかの部隊には見つかりにくいが、〈コア・フラッグ〉の獲得競争で遅れをとることになる。

それに、〈聖剣剣舞祭〉は、ただの競技大会ではない。

各養成校がプライドを賭けてぶつかり合う、〈聖剣士〉の祭典なのだ。

大勢の観客が見ている前で、〈聖剣学院〉の名を落とすことはしたくない。

昇降機のところへ戻ろうとした、その時。

「――なにか、来ますよ」

口数の少なかったレオニスが、ぽつりと呟《つぶや》いた。

「……っ⁉」

ガシャン、ガシャン――と、耳慣れた金属の足音が、高速で接近してくる。

通路の暗闇の奥で、無数の赤い光が点灯した。

「〈ヴォイド・シミュレータ〉⁉」

「さっきの奴《やつ》ですね、しつこいです！」

レギーナが〈竜撃爪銃《ドラグ・ストライカー》〉で、多脚の関節部分を的確に撃ち抜いた。

火花を散らし、その場にくずおれるメタハルコン製のヤドカリ。だが、さすがは対〈ヴォイド〉用兵器、脚の一本を破損した程度では止《と》まらない。

ふたたび立ち上がり、ドスドスと突進してくる。

「……っ、あっちの昇降機《エレベータ》はだめね。後方の開けた場所で迎え撃ちましょう。わたしとレギーナが殿《しんがり》になります、フィーネ先輩とレオ君は先に――」

「わかった。レオ君、こっちよ――」

エルフィーネがレオニスの手を引いて、駆け出した。

レギーナと二人で、〈ヴォイド・シミュレータ〉を足止めしつつ、撤退する。

戦力的にはたいした脅威ではないが、なにしろ数が多い。

これだけの数の〈ヴォイド・シミュータ〉を乗っ取り、同時に操ることができるのは、魔導機器制御系の〈聖剣〉の中でも、トップクラスの権能だ。

　撤退しつつ、開けた場所に出た。

「ここで一気に片付けるわ！」

　リーセリアが〈誓約の魔血剣《ブラッディ・ソード》〉を振り上げた。通常、多勢の敵を相手にする時は隘路《あいろ》のほうが有利だが、ここなら、広範囲殲滅《せんめつ》型の技で一気に叩《たた》くことができる。

　――と、その時。背後でズンッと大きな音がした。

「「……え？」」

　リーセリアとレギーナが、同時に振り向くと――

　通路の先の隔壁が閉じていた。

「……フィーネ先輩!?」

　声を上げると同時。

　ゴン……ゴゴン……ゴゴゴゴゴ……

　響くような音がして、二人のいるフロアが上昇をはじめる。

「……っ、お嬢様！　これ、フロア全体が貨物運搬用の昇降機です！」

　レギーナがあわてて操作パネルを押しに行くが、フロアの上昇は止まらない。

　リーセリアは唇を噛《か》んだ。

〈教導軍学校〉の〈聖剣〉使いは、〈ヴォイド・シミュレータ〉の大群を利用して、リーセリアたちをこの大型昇降機《エレベータ》のフロアに誘導した。

更には隔壁まで操作して、エルフィーネたちと分断したのだ。

〈ザマーミロ！〉〈ザマーミロ！〉〈ナカマノ・カタキダ！〉

フロアに残った〈ヴォイド・シミュレータ〉の群れが、機械的な音声を発する。

「……っ、こ……このっ！」

リーセリアは血の刃《やいば》を振るい、〈ヴォイド・シミュレータ〉の脚を破壊した。

『……リア……セリア、大丈夫？』

と、イヤリング型の通信端末にエルフィーネの声が聞こえた。

「はい、こっちは大丈夫です。先輩は？」

「ええ、隔壁に閉じ込められたけど、〈天眼の宝珠《アイ・オヴ・ザ・ウイッチ》〉で解錠したわ。罠《わな》、というよりは意趣返し、嫌がらせのようね」

リーセリアとレギーナを載せたフロアは、ぐんぐん上昇を続けている。

「先輩、このままだとわたしたち、地上に出ちゃいます」

「わかった。わたしとレオ君も地上へ向かうわ。ポイントFで合流しましょう」

「了解しました」

◆

「はあああああっ!」

　青い稲妻が、地を駆けて翔《と》ぶ。

　聖剣〈雷切丸《らいきりまる》〉による加速の極地――〈迅雷〉。

　剣閃《けんせん》が奔《はし》り、青白い雷光が閃《ひらめ》くたび、〈魔剣〉使いが地に倒れ伏す。

　煌々《こうこう》と輝く琥珀色《こはくいろ》の左眼《め》。〈魔王〉に埋め込まれた〈時の魔眼〉が、ほんの数秒先の未来の可能性を網膜に投影する。

　同時に見える世界は七つ。

　致命的な未来を紙一重で躱《かわ》し、敵を斬り伏せる未来を見極める。

　無論、〈魔眼〉の力があったとしても、並の武芸者にできる業ではない。選択すべき未来を瞬時に判断し、刃を振るうのは至難の業だ。
■■■■■■ッ――!
〈アカデミー〉の〈魔剣〉使いが、意味不明な咆哮《ほうこう》を発した。

　おぞましい、触手のような〈魔剣〉の刃が、鞭《むち》のようにしなって咲耶《さくや》を襲う。

〈魔剣〉は、あたかも意思があるかのように、獲物を狙って食らいつく。

「――遅いよ。それじゃ、蠅《はえ》が止《と》まる」

〈雷切丸〉を片手に持ち替え、咲耶は地を蹴って、更に加速した。

触手のような〈魔剣〉を次々と斬り飛ばし、本体の〈魔剣〉使いに肉薄する。
まわりの世界が止《と》まって見える。体感時間が加速している。
(これも〈時の魔眼〉の力、なのか——)
加速の〈聖剣〉に、時間を支配する〈魔眼〉は、最高の相性だ。
〈魔王〉ゾール・ヴァディスは、咲耶《さくや》の〈聖剣〉の力を知っていたのだろうか?
複数の可能性未来が収斂《しゅうれん》し、運命が確定する。
「水鏡流《みずかがみりゅう》剣術——〈雷烈斬〉!」
眼前の〈魔剣〉使いを、容赦なく斬り伏せる。
「……っ!」
と、眼球に、焼け付くような激痛が走った。
(四十秒——これ以上は、厳しいか)
四方八方から襲い来る〈魔剣〉の触手を斬り飛ばし、咲耶は後ろに跳んだ。
琥珀色《こはくいろ》の瞳がすぅっと輝きを失い、もとの透き通った青に戻る。
その咲耶の変化を、察したのかどうか——
三人の〈魔剣〉使いは、同時に猛攻を仕掛けて来た。
■■■■■■■■ッ——!
触手の〈魔剣〉は、彼らの腕と直接融合し、意思とは関係なしに動いている。

あるいは、彼らの意識そのものも、すでに失われているのかもしれない。
「……そうか。完全に、人を辞めてしまったんだね」
咲耶は悲しげに呟《つぶや》くと、〈雷切丸《らいきりまる》〉を両手に握り直す。
「水鏡流剣術――〈雷神烈破斬〉！」
雷光をともなう斬撃が、〈魔剣〉使いの腕ごと触手を斬り飛ばした。
（これで、三人目――！）
返す刀で背後の触手を斬り伏せ、次の標的を探す。
――と、不意に。ただならぬ気配を感じて、咲耶は頭上に眼《め》を向けた。
「……な……に!?」
思わず、脚を止めて絶句する。
〈第〇八戦術都市《エイス・アサルト・ガーデン》〉の上空に、虚空《こくう》の裂け目があった。
通常、〈ヴォイド〉が発生する際は、空間に無数の細かな亀裂が生まれる。
しかし、上空の裂け目はそれとは少し違う。
空がぱっくりと眼のように開き、その奥に真っ赤な世界の景色が覗《のぞ》いているのだ。
イレギュラーな虚空の裂け目。それに、咲耶は見覚えがあった。
（……っ、あれは、まさか!?）
九年前、故郷の〈桜蘭《おうらん》〉が滅びた時に現れたのと同じ、虚空の裂け目だ。

[redacted]ッ[redacted]ッ——！

——と、化け物へと変貌した〈魔剣〉使いたちが、一斉に咆哮《ほうこう》を上げた。

手近なビルの壁面に触手を撃ち込むと、咲耶《さくや》を無視して次々と壁に飛び移り、裂け目の真下にある、〈セントラル・ガーデン〉ほうへ向かっていく。

「——待て！」

咲耶は即座に〈迅雷〉を発動、追撃を仕掛けるが——

「……っ⁉」

ピシ——ピシピシピシッ、ピシッ——

突然、あたり一帯の空間に、無数の亀裂が奔《はし》る。

——そして。

空間を引き裂いて、おぞましい虚無の怪物が姿を現した。

「……っ、〈ヴォイド〉！」

◆

リーセリアとレギーナの乗る大型昇降機《エレベータ》は、徐々に速度を落とし、地上に出た。

降りそそぐ陽光に、リーセリアは目を細めた。

「ここは物資の保管区画のようですね」

レギーナが〈竜撃爪銃《ドラグ・ストライカー》〉を構えつつ、あたりを警戒する。

同じようなボックス形状の建物が、整然と建ち並んでいる。

「早くフィーネ先輩たちと合流しないと」

「先輩との合流地点は……え？」

端末に視線を落としたレギーナが、息を呑《の》んだ。

「どうしたの、レギーナ？」

「三個の〈コア・フラッグ〉が、この地点に向かって移動中です」

「ええっ⁉」

それはつまり、すでに〈コア・フラッグ〉を手に入れた部隊が、移動しているということだ。しかも、開始早々に三個も手に入れている。よほどの強豪に違いない。

「セリアお嬢様、ひょっとして――」

「ええ、なんだか、嫌な予感がするわ」

「い、いきなり、ラスボス登場なんです？」

リーセリアとレギーナは、額に汗を浮かべ、顔を見合わせた。

……まずい状況だ。

こちらの端末で〈コア・フラッグ〉を探知できているということは、接近中の部隊も、リーセリアの所持する〈コア・フラッグ〉を探知できているということである。

「間違いなく、このエリアを目指して接近しているわね」

「とりあえず、逃げましょう！」

「そうね――」

敵部隊の人数は不明だが、たった二人で勝てる相手ではない。

とにかく、相手方の探知範囲から逃れようと、駆け出そうとした、その時。

ヴンッ――！

震動するような音が、二人の頭上を擦過した。

直後。巨大な倉庫の壁が、斜めに切断される。

「……なっ！」

ズ……ズズ……ズオオオオオオオンッ！

倉庫の上部分がスライドし、轟音《ごうおん》を立てて地面に落下した。

舞い上がる土埃《つちぼこり》。一瞬前まで壁のあった場所に、青空が覗《のぞ》く。

「……っ、セリアお嬢様、あの〈聖剣〉、やっぱり――」

「ええ……」

咳《せ》き込みつつ、リーセリアが振り向く。

と、たちこめる土埃の向こうに、人影が見えた。

大剣型の〈聖剣〉を手に、ゆっくりと近付いてくる、軍服姿の少女。

帝国第三王女――シャトレス・レイ・オルティリーゼ。

凛《りん》とした翡翠《ひすい》色の眼《め》が、リーセリアとレギーナの二人を冷徹に見据《みす》えている。

「ここにいたか、リーセリア・クリスタリア。地下へ向かう手間が省けたな」

「……っ！」

ゆっくりと歩を進めつつ、彼女は告げてくる。

「先に他の部隊に倒されていなくてよかった。お前は私が倒したかったのでな」

「……えっと、シャトレス様。わたし、なにか恨まれるようなことを？」

「いや、お前に恨みはない。あくまで、私の個人的なことだ」

シャトレスは静かに首を振る。

「毎日、くだらぬ記者どもに追い回されて、リーセリア・クリスタリアのことをどう思うか、ライバルとして意識しているかだのと取材攻めにあっていてな。アルティリアとの大切な時間を奪われて、とても苛立《いらだ》っていたんだ」

「……ええっと、それは、八つ当たりなのでは？」

「そうだな、最初に謝罪しておこう。これはただの八つ当たりだ」

シャトレスは足を止《と》め、ゆっくりと〈聖剣〉を振りかぶる。

「これから、私はお前を圧倒する。二度とくだらぬ比較をする連中が現れぬようにな」

「……セリアお嬢様、なんか姉がすみません」

「逃がしてくれそうにはないわね」

リーセリアは覚悟を決め、〈誓約の魔血剣《ブラッディ・ソード》〉を構えた。

「――レギーナ、敵部隊の狙撃を警戒して」

「はい――」

「その必要はない。私の部下は、全員ここにはいない」

シャトレスが言った。

「……っ、まさか、シャトレス様お一人で？」

「当然だ。部下をぞろぞろ引き連れて、お前を倒したところでなんになる。第一小隊のメンバーは、勝負に邪魔が入らぬよう、エリアの外を見張らせている」

……嘘《うそ》ではないだろう。

シャトレス・レイ・オルティリーゼは、そんな駆け引きはしない。三個の〈コア・フラッグ〉を一人で所持しているのも、自身が囮《おとり》となって、こちらを誘い出す為か――

（……けど、これは絶好の機会でもあるわ）

リーセリアはまっすぐに、シャトレスを睨《にら》み据《す》えた。

ここで最強と名高い彼女を倒し、〈コア・フラッグ〉を手に入れることができれば、第十八小隊の優勝もぐっと近付く。

「レギーナ、援護をお願い」

「任せてください、お嬢様！」

背後で、レギーナが勢いよく返事をする。

「シャトレス殿下、二対一ですが、卑怯《ひきよう》とは仰《おつしや》りませんね。〈聖剣剣舞祭〉はチーム戦、わたしたちも必死なので——」

「もちろん、構わぬ。実力差を考えれば、ちょうどいいハンデだ——」

冷厳と言い放ち、シャトレスは地を蹴った。

◆

シャトレスが斬り込んだ。神速の踏み込みで、一気に間合いを詰めてくる。

まともに受ければ、〈誓約の魔血剣〉の刃《やいば》は砕けるだろう。

瞬時に判断して、リーセリアは刃を斜めにして迎え撃つ。

ヂイイイイイイイイッ——！

刃が接触。激しい火花が散った。

リーセリアは斜めにした刃を滑らせ、相手の膂力《りよりよく》を受け流す。

交わった刃は再び離れ、両者の立ち位置が逆になる。

(受け流したのに、なんて力——！)

〈聖剣〉を握る手が、ビリビリと痺《しび》れていた。

「見事だ。お前の評価を少し改めよう」

シャトレスが賛辞の言葉を口にする。

「手加減は無用です、姫殿下——」

リーセリアは〈誓約の魔血剣《ブラッディ・ソード》〉を構え直し、シャトレスを睨《にら》み据《す》える。

「いい眼《め》だ。では、少し本気を出させてもらおう」

シャトレスが、〈聖剣〉を大上段に構えた。

大剣の刃《やいば》が光に変化し、二〇メルトほど真上に伸びる。

シャトレスの聖剣——〈神滅の灼光《ラグナ・ノヴァ》〉。その権能は、大型の〈ヴォイド〉を一撃で屠《ほふ》る破壊力と、遠距離の群体を一気に殲滅《せんめつ》できる、長射程だ。

刃の部分を光のエネルギーに変換し、間合いを自在に変化させることができる。

権能自体はシンプルだが、実際、対処するのは至難の業だ。

先ほどのように、倉庫の屋根を遠距離から一方的に薙《な》ぎ払《はら》うことができる。

対〈ヴォイド〉においては、最強クラスの〈聖剣〉。

シャトレスが、光の刃を斜めに振り下ろした。

閃《ひらめ》く斬光が、強化アスファルトの路面を一瞬で斬り裂く。

受けることは不可能。リーセリアは地を蹴って、倉庫の壁を走る。

一気に上まで駆け上がり、頭上から急襲をかける。

「――小賢《こざか》しい！」

シャトレスは〈神滅の灼光《ラグナ・ノヴァ》〉を真横に振るい、倉庫の壁をぶった斬った。

「ふわあっ!?」

足場を失ったリーセリアは、バランスを崩しつつも、かろうじて着地する。

「姫殿下、建物の破壊はマイナスポイントになりますよ！」

「〈コア・フラッグ〉を手に入れれば、多少の減点は相殺《そうさい》できる」

「豪快な発想!?」

そういうところは、レギーナと似ているかもしれない。

リーセリアの脚が止《と》まった。シャトレスが光の刃を振りかざし――

一転、シャトレスは身を翻《ひるがえ》し、剣を振るった。

ギィンッ――と、火花が散る。レギーナの援護射撃だ。

「今です、お嬢様！」

はるか後方から、レギーナが〈竜撃爪銃《ドラグ・ストライカー》〉を連発する。

シャトレスが銃弾を斬り払う、その隙に――

リーセリアは、一気に駆け込んだ。

間合いを自在に変える〈神滅の灼光《ラグナ・ノヴァ》〉相手に、距離を取るのは自殺行為だ。

接近戦に持ち込むべく、一気に間合いを詰める――！

「はあああああああああっ――！」

無数の血の刃《やいば》が螺旋《らせん》となり、〈誓約の魔血剣《ブラッディ・ソード》〉の尖端《せんたん》に収斂《しゅうれん》する。

「――〈血華螺旋剣舞《けつからせんけんぶ》〉！」

瞠目《どうもく》するシャトレスの眼前で、血の刃が一気に弾《はじ》けた。

解《ほど》けた螺旋は不規則な軌道を描き、シャトレスめがけて一斉に襲いかかる。

「――小細工を！」

シャトレスの〈神滅の灼光《ラグナ・ノヴァ》〉が、血の刃をまとめて薙《な》ぎ払《はら》った。

だが、リーセリアの攻撃は止《と》まらない。更に踏み込んで、間合いを取らせない。

血の刃でフェイントをかけ、〈誓約の魔血剣〉の強烈な斬撃を繰り出す。

リーセリアの剣の型の基本は、シャトレスと同じ、正統派の帝国流だ。

だが、それだけではない。彼女は長い間、どんな〈聖剣〉が顕現するかわからなかったため、邪道ともいえる、あらゆる武芸を身に付けていたのだ。

邪剣の技に加え、キック、足払いと、足技まで混ぜた、変幻自在の剣。本来はここに魔術による攪乱《かくらん》も混ぜたいところだが、〈聖剣剣舞祭〉では使えない。

まるで、剣舞を舞うかのような戦い方に、シャトレスは翻弄される。

「名高いクリスタリアの騎士にしては、足癖が悪いな――」

「たしかに、これは邪道の剣――ですが、魂はクリスタリアの騎士です！」

叫び、リーセリアは〈誓約の魔血剣〉を突き込んだ。

――が、渾身《こんしん》の斬撃は、紙一重で躱《かわ》される。

「面白い。その魂、本物かどうか審判してやろう――」

シャトレスが〈神滅の灼光《ラグナ・ノヴァ》〉を構えた。

リーセリアは光の刃を警戒し、身構えるが――

「〈聖剣〉形態変換《モード・シフト》――〈神滅の破剣《ラグナ・シャード》〉」

突如、シャトレスの〈聖剣〉がバラバラに砕け散った。

否、砕け散ったのではない。無数の刃の破片に分裂したのだ。

シャトレスが、〈聖剣〉を振り下ろした。

刃の破片が、まるで統率の取れた軍隊の如《ごと》く、リーセリアめがけて襲いかかる。

「……っ！」

リーセリアは魔力をほとばしらせ、跳躍。

だが、刃の群れは鞭《むち》のようにしなり、彼女を追撃する。

ガガガガガッ――眼前で火花が散り、破片が弾けた。レギーナの援護射撃だ。

（――攻防一体の〈神滅の破剣《ラグナ・シャード》〉。データでは知っていたけど）

後方に跳んで回避しつつ、リーセリアは歯噛《はが》みした。実戦とデータでは違う。対〈ヴォイド〉殲滅《せんめつ》能力に優れた〈神滅の灼光《ラグナ・ノヴァ》〉は、その高すぎる威力ゆえ、過度な破壊行為や殺傷の禁じられた〈聖剣剣舞祭〉のルールでは扱いにくい。

しかし、このレギーナの〈猛竜砲火《ドラグ・ハウル》〉が使いにくいのと同じだ。

〈神滅の破剣《ラグナ・シャード》〉は厄介だ。自動追尾機能のある光の刃《やいば》は、同時に身を守る盾にもなる。その能力は、リーセリアの〈誓約の魔血剣《ブラッディ・ソード》〉とよく似ている。

シャトレスが〈聖剣〉を鞭《むち》のように振るった。先ほどまでとはまるで違う、変幻自在の軌道。無数の刃が降りそそぎ、運搬用ヴィークルを一瞬でスクラップにした。

（このレンジだと、翻弄されるだけね。相手の間合いに入らないと！）

脚部に収斂《しゅうれん》した魔力を解放。リーセリアは果敢に踏み込んだ。

基礎的な力量差がある以上、長期戦は不利だ。

魔力があるうちに、一気に決着を付ける。

「——血華螺旋剣舞《けつからせんけんぶ》！」

〈誓約の魔血剣〉を両手に構え、跳躍した。

刃の切っ先に、無数の血の刃が収斂し、貫く螺旋の刃となる。

「来るがいい、リーセリア・クリスタリア。形態変換《モード・シフト》——〈神滅の灼光《ラグナ・ノヴァ》〉」

分離した光の刃が、すべてシャトレスの手元に戻った。

リーセリアの起死回生の一撃を、真っ向から迎え撃つ構えだ。

打ち合えば、〈誓約の魔血剣〉は威力で勝る〈神滅の灼光《ラグナ・ノヴァ》〉に打ち砕かれる。

――だが。

「わたしもいるんですよっ、形態変換《モード・シフト》――〈猛竜砲火《ドラグ・ハウル》〉！」

レギーナの狙撃銃が、対〈ヴォイド〉用の大型火砲に変形する。

「――なに!?」

シャトレスが、翡翠《ひすい》色の眼《め》を見開く。

瞬間。激しい閃光《せんこう》が解き放たれた――！

ズオオオオオオオオオオオオオオオオオンッ！

砲撃の目標はシャトレスではない。その足元の地面一帯だ。

地面が一気に陥没し、シャトレスの身体《からだ》は地下通路に落下する。

シャトレスが体勢を崩したそこへ、リーセリアが渾身《こんしん》の一撃を繰り出した。

「はあああああああああっ！」

「……っ、これが狙いか――」

「わたしとレギーナは、呼吸なんて合わせる必要がないんだからっ――！」

特別な合図などなくともわかる。彼女は、幼い頃から共に育ってきた親友なのだ。

リーセリアが真上から振り下ろした〈聖剣〉が――

防御の構えをとった〈神滅の灼光《ラグナ・ノヴァ》〉ごと、シャトレスの身体《からだ》を吹き飛ばす。

「……っ！」

――が、彼女の〈聖剣〉は顕在だ。

受け身を取ると、即座に体勢を立て直す。

（わたしの渾身《こんしん》の一撃を、受け止《と》められるなんて――）

「――認めよう、リーセリア・クリスタリア」

彼女の金髪がふわりと翻《ひるがえ》り、翡翠《ひすい》色の瞳が、まっすぐにリーセリアを見据《みす》えた。

「お前は、わたしが本気を出すに値する〈聖剣士〉だ」

すっ――と、〈神滅の灼光《ラグナ・ノヴァ》〉を正眼に構える。

リーセリアもまた、〈誓約の魔血剣《ブラッディ・ソード》〉を両手に構え直した。

――と、その時。

リイイイイイイイイイイイイイイイッ――

けたたましい警報音が、あたり一帯に鳴り響いた。

「……!?」

二人は同時に反応した。

それは、〈聖剣士〉にとって、最悪の警報。

――〈ヴォイド〉の大量発生を告げるサイレンだった。

◆

荒れ狂う大海原《おおうなばら》の海面に、翼を広げた巨大な影が落ちる。
レオニスの駆る〈屍骨竜《スカルドラゴン》〉だ。
「……っ、まだなのか」
頭部に仁王立ちになったレオニスは、地平線の向こうを眺め、苛立《いらだ》たしげに呟《つぶや》いた。
〈屍骨竜《スカルドラゴン》〉の飛行速度は、本物のドラゴンほど早くはない。
飛行性能よりも、空中での格闘戦性能とパワーを重視した結果だ。
──〈聖剣剣舞祭〉は、すでに始まっている時間だ。
だが、諦めるにはまだ早い。途中でシャーリと入れ替わることもできるだろう。
──その時。〈屍骨竜《スカルドラゴン》〉の咆哮《ほうこう》が轟《とどろ》いた。
地平線の彼方《かなた》に、都市の影が見えたのだ。
「──あれだ！」

第十一章　魔王の帰還

Demon's Sword Master of Excalibur School

「……〈ヴォイド〉の襲来警報!?」

リーセリアとシャトレスは、二人同時に上を見上げた。

――と。空に生まれた虚空《こくう》の裂け目が、急速に広がりはじめている。

「……っ、嘘《うそ》……あんなに大きな亀裂――」

リーセリアが愕然《がくぜん》として呟《つぶや》く。

「残念だが、試合はここまでのようだな――」

シャトレスは厳しい眼差《まなざ》しで、〈聖剣〉を降ろした。

彼女もまた、驚愕《きょうがく》に表情を一瞬崩しはしたものの、判断は早かった。

「緊急事態だ。お前達《たち》はこれより私の指揮下に入れ。〈聖剣剣舞祭〉に参加しているほかの養成校の部隊と合流しつつ、ここを離脱、〈帝都〉へ帰還し、市民を守る」

まだ状況が呑《の》み込《こ》めずにいるリーセリアに、素早く指示を飛ばす。

「は、はい、わかりました!」

〈猛竜砲火《ドラグ・ハウル》〉の砲撃で崩れた瓦礫《がれき》を足場に、二人は地上に這《は》い上がる。

『姫様、無事ですか?　なんか蟲《むし》共がうじゃうじゃ現れましたよ!』

と、シャトレスの端末に通信が入った。

「コルトか、こちらは第十八小隊と合流した。お前達はどこだ」

『蟲どもに囲まれてますね、すごい数です』

「包囲の脱出は可能か？」

『俺たちは泣く子も黙る姫様の第一小隊ですよ。ボルトスの旦那とミファがいるんで、蟲共なんて蹴散らしてやりますって』

「そうか、頼もしいな。では、お前たちはほかの部隊を救助しつつ、第Ⅲエリアの連結ブリッジを目指せ。そこで合流する」

『えっ……ちょっ——姫様は——』

通信を一方的に打ち切ると、シャトレスは地上に這い上がった。

上空の亀裂から、羽虫のような〈ヴォイド〉が大量に湧き出してくる。

「——〈ヴォイド〉め」

シャトレスは苦々しく呻《うめ》くと、リーセリアとレギーナに向きなおる。

「これより、〈帝都〉方面第Ⅲエリアへ移動する。お前達も、仲間に連絡を取っておけ。〈ヴォイド〉が溢《あふ》れれば、通信も繋《つな》がらなくなるぞ」

◆

地下の魔力灯が赤く変色し、けたたましいサイレンの音が鳴り響く。

レオニスに扮したシャーリは、エルフィーネに手を引かれ、地上へ向かっていた。

（……なにか、まずい事態が起きているようですね）

――〈ヴォイド〉。あの未知の化け物の群れが、〈帝都〉を襲撃しているようだ。

〈……聞こえているか、シャーリよ〉

と、シャーリの脳裏に念話の声が聞こえてきた。

〈――は、ブラッカス様〉

〈魑魅魍魎《ちみもうりよう》の化け物どもが、〈王国〉を脅かしている。マグナス殿の学び舎《まなや》は俺とログナス三勇士で守るゆえ、お前は〈帝都〉の化け物を殲滅《せんめつ》するのだ〉

〈畏まりました……！〉

シャーリは返事をすると、レオニスの姿の影の分身を生み出した。

すっとエルフィーネから手を離し、スライドするように影分身と交代する。

（――さて、お仕事をはじめましょう）

シャーリは一瞬でメイド服姿に戻ると、〈死蝶刃《レフィスカ》〉を構え、影の中に飛び込んだ。

◆

先陣を切るシャトレスの背中を追って、リーセリアは無人の通りを駆け抜ける。

「――先輩、フィーネ先輩……聞こえますか！」

走りながら、もう何度目かになる通信を試みた。

『……ええ――聞こえる……わ――』

……ようやく、繋《つな》がった。

イヤリング型端末に、ノイズ混じりのエルフィーネの声が返ってくる。

「〈第〇八戦術都市《エイス・アサルト・ガーデン》〉の上空に、大規模な虚空《こくう》の裂け目を確認しました。わたしとレギーナは、シャトレス殿下の指揮下に入って、〈帝都〉に移動中です」

『――了解。わたしはレオ君と……地上……管理局――で、合流……るわ』

「わかりました。気を付けて下さい」

『ええ、セリアもね――』

通信を切ると、リーセリアはシャトレスと併走する。

「あれをどう思う、リーセリア・クリスタリア――」

シャトレスが、上空の裂け目を見つめたまま、訊《き》いてくる。

「はい、わたしには、〈大狂騒《スタンピード》〉の前兆に見えます」

「そうか。お前達《たち》は、経験者だったな」

シャトレスは呟《つぶや》いて、

「これが〈大狂騒《スタンピード》〉だとすると、統率体《ヴォイド・ロード》が発生する可能性があるな」

「セリアお嬢様、あれを――！」

と、少し後ろを走るレギーナが、鋭い声を発した。

ピシッ――ピシピシシピシッピシッ――！

リーセリアたちの進む先――

虚空《こくう》に亀裂がはしり、無数の〈ヴォイド〉が姿を現す。

「迂回《うかい》しますか？」

「いや、強行突破だ。わたしに続け！」

駆けながら、シャトレスが〈聖剣〉の刃《やいば》を振り翳《かざ》した。

「はあああああああっ！」

五〇メルトほどに巨大化した光の刃が、〈ヴォイド〉の群れを一気に薙《な》ぎ払《はら》う。

ズオオオオオオオオオオオオッ！

「……すごい！」

リーセリアは思わず、絶句した。

この力を本気で使われていれば、万に一つの勝ち目もなかっただろう。

「そう何度も使えるものではない。刃を巨大にすれば、それだけ消耗も激しくなる」

シャトレスは首を振り、

「今のうちに突破するぞ。レギーナ・メルセデス、君は援護を頼む——」

「え？」

不意に名前を呼ばれたレギーナが、ハッとして眼《め》を見開く。

「どうした？」

「あ、その……わたしの名前……」

「〈聖剣剣舞祭〉参加選手の名は、すべて覚えている。当然だろう」

「あ、そ、そうですね……！」

レギーナはあわててこくこく頷《うなず》いた。

「躍れ、餓えた刃よ——血華螺旋《らせん》斬！」

リーセリアが〈誓約の魔血剣《ブラッディ・ソード》〉を振るい、残りの〈ヴォイド〉を斬り刻んだ。

頭上から飛来する羽虫型〈ヴォイド〉は、レギーナが的確に狙撃し、撃ち落とす。

「はあああああああああっ！」

シャトレスは先陣を駆け、立ちはだかる〈ヴォイド〉を次々と斬り捨てた。

第Ⅲエリアを突破し、〈セントラル・ガーデン〉のメイン・ストリートへ——

——と、その時。

「——待て、どこかの部隊が襲われているようだ」

眼前の〈ヴォイド〉を斬り伏せたシャトレスが、鋭い声を発した。

「……!?」

瓦礫《がれき》の散乱した、〈セントラル・ガーデン〉の中央広場。

広がりつつある虚空《こくう》の裂け目の、ちょうど真下で――

〈聖剣士〉の部隊が、〈ヴォイド〉の群れに囲まれ、立ち往生していた。

「あの聖服、〈エルミナス修道会〉のものでしょうか?」

「ああ、そのようだな。救出するぞ」

「はいっ!」

シャトレスが、〈神滅の灼光《ラグナ・ノヴァ》〉を手に、一気に走り込んだ。

リーセリアも、血の刃《やいば》による結界を展開しつつ、彼女の背中を追う――

――と、不意に。リーセリアはかすかな違和感を覚えた。

(……?)

それは、直感でしかない。ただ、なにか妙な胸騒ぎがしたのだ。

〈ヴォイド〉の群れに包囲された、〈エルミナス修道院〉の部隊――

あれは、〈ヴォイド〉に包囲されているのではなく――

まるで、〈ヴォイド〉を従えているような……

シャトレスが、〈ヴォイド〉を一気に斬り捨て、ひと足先に部隊のもとへ到達した。

恐怖に怯《おび》えてうずくまる、聖服の少女のそばへ屈《かが》み込み、

「無事か？　負傷者はいるか？」

と、気遣わしげに声をかける。

「は、はい、助かりました、姫殿下――」

少女は、怯えた顔を上げて、

「ちょうど、よ、か、っ、た。〈魔剣〉の贄《にえ》が、もっと欲しかったんです」

「……なに？」

「シャトレス様！」

リーセリアが叫んだ。

少女の赤い唇が歪《ゆが》み、ニタァッとおぞましい笑みを浮かべる。

そして、次の瞬間。

「なっ⁉」

――ザシュッ！

少女の背中から生えた蜘蛛《くも》のような脚が、シャトレスの全身を同時に刺し貫いた。

「……かっ……はっ……！」

パッと血華が咲き、〈エリュシオン学院〉の制服が血の赤に染まった。

そのまま、宙に放り投げられ、ドサッと地面に投げ出される。

「――姫殿下！」

じわり、と地面に広がる血だまり。

蜘蛛《くも》の脚を生やした少女は、それを見下ろし、恍惚《こうこつ》の表情を浮かべた。

「あら、あらあらあらぁ、間抜けな王女様だこと」

――と、その少女の姿が、たちまちのうちに変貌した。

真っ白い肌と、爛々《らんらん》と輝く真紅の瞳。闇色のドレス姿へと――

「わざわざ、贄《にえ》になってくれるだなんて――」

「はああああああああっ！」

リーセリアが〈誓約の魔血剣《ブラッディ・ソード》〉を手に飛び込んだ。

目の前で何が起きたのか、状況はまったく把握できていない。

とにかく、血だまりに沈むシャトレスを救おうと、身体《からだ》が動いていた。

変貌した、蜘蛛の脚を持つ女めがけ、〈聖剣〉の刃《やいば》を振り下ろす。

「……ふ、ふふふ……いいわぁ、勇敢な子は大好物よぉ」

「……っ!?」

ギイイイイイイインッ――！

〈聖剣〉の刃は、女の直前で止《と》まった。

背中から生えた蜘蛛の脚が、まるで肋骨のように組み合わさり、彼女を守ったのだ。

「……っ、一体、何者なの――？」

「う、ふふふ――私は〈使徒《アポストル》〉よ。あの裂け目の向こうにおわす〈女神〉の〈使徒〉」

女は、赤い唇をぺろりと舐《な》めた。

「……使徒？」

「そう、〈使徒〉の第九位――イリス・ヴォイド・プリエステス」

「……ヴォイド？　まさか、あの裂け目は……!?」

「そうよぉ、あの門はわたしが開けたの。もっとも、わたしは始まりの切っ掛けを与えただけ、本当のお楽しみは、ここからよぉ」

……わからない。目の前の女が、なにを言っているのか。

「……っ、レギーナ、シャトレス様をお願い！」

蜘蛛の脚に〈聖剣〉の刃を押し当てたまま、リーセリアは背後に叫んだ。

「……っ、お嬢様は――」

「わたしはここで食い止める。お願い、早く。シャトレス様は〈聖剣士〉の、全帝国市民の希望、ここで失うわけにはいかない――！」

「……」

レギーナは、少し逡巡《しゅんじゅん》してから、きゅっと唇を噛《か》んだ。

「……わかりました。どうか、ご武運を――」

ぐったりした、血まみれのシャトレスの身体《からだ》を、肩で持ち上げる。

「あらあらぁ、逃がさないわよぉ？」

イリスは、バッ——と飛び下がった。

「……っ!?」

女の掌に、強烈な魔力の光が収斂《しゅうれん》する。

「第五階梯《かいてい》魔術——〈爆裂魔咒砲《ヴラス・ファルガ》〉」

ズオオオオオオオオンッ！

凄《すさ》まじい爆発が生じ、リーセリアを中心に巨大な火柱が噴き上がった。

「あはははは、まさか、今ので死んじゃったかし——なに？」

イリス・ヴォイド・プリエステスの哄笑《こうしょう》が止《と》まった。

燃える焔《ほのお》の中、焔の赤よりもなお赤い、真紅のドレスが翻《ひるがえ》る。

「……っ、行って、レギーナ！　ここはわたしに任せて！」

〈真祖のドレス〉を身に纏《まと》い、リーセリアは魔力を爆発させた。

◆

「——鬱陶しいですね、蟲《むし》風情が。ここは魔王様の属領となる場所ですよ」

冷徹に告げて、シャーリは影の短刀を投げ放った。

ビルの影から影に飛び移り、虚空《こくう》より現れる羽蟲型《はむし》〈ヴォイド〉を殺戮《さつりく》する。

ビルの屋上に降り立つと、空を奔《はし》る巨大な裂け目を見上げた。

裂け目の向こうから、無尽蔵に現れる〈ヴォイド〉の群れ。

その数は、時間が経《た》つにつれ、加速度的に増えている。

(……っ、さすがに、この数はわたし一人では捌《さば》けませんね)

襲い来る〈ヴォイド〉を斬り裂きつつ、シャーリは唇を噛《か》む。

(魔王様に留守を任された身でありながら、所領を守れなかったとあっては、命を以《もっ》て償うよりほかにありません――)

それに、レオニスの眷属《けんぞく》である、リーセリア・クリスタリアだ。

彼女だけは、なにがあっても絶対に保護しなくてはならない。

しかし、広大すぎる都市の中で、彼女を見つけるのは困難だ。

〈ヴォイド〉の群れが強力な魔力を発しているせいか、通信端末も使えない。

おまけに、シャーリは極度の方向音痴だった。

「まったく、どこで何をしているのですかっ――」

群がる〈ヴォイド〉を、影の鞭《むち》でまとめて薙《な》ぎ払《はら》った、その時。

〈第〇八戦術都市《エイス・アサルト・ガーデン》〉の空が、突然――真っ二つに割れた。

「……なっ⁉」

虚空の裂け目が、めくれあがるように広がり、禍々《まがまが》しく赤い空が世界を侵蝕《しんしょく》する。

――そして。その赤い空から、巨大な腕がぬっと現れた。

「……っ、な、なんですか、あれは……？」

シャーリは黄昏《たそがれ》色の眼《め》を見開き、戦慄した。

――想像を絶する、超大型の〈ヴォイド〉。

腕だけで、あの大きさだ。本体が、裂け目からこちらへ出て来たら、この〈第〇八戦術都市〉はおろか、〈帝都〉も〈第〇七戦術都市《セヴンス・アサルト・ガーデン》〉も壊滅しかねない。

暗殺者の本能で、察した。

（――あれは、わたしではどうにもできません！）

絶望は、それだけでは終わらなかった。

ピシッ――ピシピシピシッ――ピシッ――！

虚空の裂け目は、更に大きく広がって――

二本、三本と、巨大な腕がつぎつぎと生えてくる。

「……嘘《うそ》……でしょう」

シャーリの顔に絶望の色が広がった。

すべて、別の個体の腕だ。少なくとも、超大型の個体が三体はいる。

シャーリが呆然《ぼうぜん》と、空の裂け目を見つめていると——

〈——シャーリ、ブラッカス！　どちらでもいい、返事をしろ〉

「——ま、魔王様⁉」

脳裏に聞こえたその声に、シャーリはハッと顔を上げた。

〈魔王様、お戻りになられたのですね——〉

〈まだだ。〈帝都〉は見えてきたが、帰還にはいましばらく時間がかかる。シャーリよ、現状を報告しろ。なにやら、予断を許さぬ事態のようだな——〉

〈——はっ、〈聖剣剣舞祭〉の会場である〈第〇八戦術都市《エイス・アサルト・ガーデン》〉上空に、巨大な空間の裂け目が発生。人類が〈ヴォイド〉と呼称する魑魅魍魎《ちみもうりよう》どもの群れ、および超大型の個体が少なくとも三体以上、現れようとしております〉

次々と襲い来る羽虫型〈ヴォイド〉を潰しながら、報告する。

〈……ふむ、対処は可能か？〉

〈申し訳ありません。わたくし一人では——〉

〈そうか……〉

……なにかを考えるような、わずかな沈黙。

そして——

〈シャーリ、封印された〈常闇の女王《ダーク・ロード》〉の解放を許可する〉

〈……〈常闇の女王《ダーク・ロード》〉を⁉　しかし、あれは――〉

〈やむをえん。化け物には化け物をぶつけるしかあるまい〉

〈ですが……〉

〈構わん。奴《やつ》を解放するのはたしかに危険だが、俺がなんとかする〉

レオニスは、有無を言わせぬ声で言った。

〈か、畏まりましたっ、早急に――〉

シャーリはこくっと頷《うなず》くと、頭のホワイトブリムをすっと外した。

◆

「はあああああああっ！」

〈真祖のドレス〉の力を解放。白銀の髪が輝き、蒼氷《アイスブルー》の眼《め》が赤く変色する。

ほとばしる魔力に身を任せ、リーセリアは斬り込んだ。

「あはぁっ――」

蜘蛛《くも》の女は赤い唇を歪《ゆが》め、狂嬉の笑みを浮かべると、パチリと指を鳴らした。

と、女をとりまく〈聖エルミナス修道会〉の〈聖剣士〉が、虚《うつ》ろな眼を開き、リーセリアめがけて同時に襲いかかってくる。

（……操られてる⁉）

リーセリアは、ふっと呼気を吐き、集団の中に突っ込んだ。膨大な〈吸血鬼の女王《ヴァインパイア・クイーン》〉の魔力は、〈真祖のドレス〉の力によって凄《すさ》まじい身体能力に転換されている。

飛びかかってきた大柄な男の顎をハイキックで蹴り上げると、そのまま軸足を回転させ、背後の一人を回し蹴りで地に沈めた。

（悪いけどっ、手加減はできないわ！）

〈誓約の魔血剣《ブラッディ・ソード》〉を振り上げ、ほとばしる血の刃《やいば》で更に二人を斬り伏せた。

致命傷でないことを祈りつつ、蜘蛛《くも》の女めがけ、一気に走り込む。

「あらあらぁ、どういうことかしら？」

イリス・ヴォイド・プリエステスは、不思議そうに首を傾《かし》げた。

「どうしてお前がそのドレスを所持しているの？」

瞳孔が大きく開き、無感情な顔になる。

女の発した粘つくような悪意にあてられ、ゾッと悪寒が走った。

（このドレスのことを、知っている⁉）

……ということは、レオニスのことも知っているのだろうか。

レオニスと旧知の者といえば、あのヴェイラという赤髪の少女だ。

彼女は少なくとも、レオニスの仲間――のように思えた。

　だが、目の前の蜘蛛の女――イリスからは、そんな感じはしない。ねっとりと、絡み付くような視線でリーセリアを――否、〈真祖のドレス〉をじっと見つめている。

「その装具は、あの御方《おかた》の所持する至宝のひとつ。人類如《ごと》きが偉大なる〈死都《ネクロゾア》〉の宝物殿から盗み出した？　いえ、そもそも人間に扱える代物《しろもの》ではないわね。まさか〈不死者《アンデッド》〉だとでもいうの？　けれどネファケスの小僧は、そんな情報はひと言も――」

　指を噛《か》み、ぶつぶつと独り言を呟《つぶや》く。

（なんだかわからないけどっ――！）

　電光石火。リーセリアは〈誓約の魔血剣〉を一閃《いっせん》――

　ギャリリリリリリッ――！

〈聖剣〉の刃は、蜘蛛の鉤爪《かぎづめ》で弾《はじ》かれた。

「……っ!?」

「まあいいわぁ、お前を拷問にかけて、あの御方のことを聞き出してあげる。〈不死者〉なら、首を落とさなければ、腕を切っても脚を切っても、死なないでしょう?」

　蜘蛛の腕が次々と振り下ろされる。

　リーセリアは跳躍して回避。鋭い鉤爪が、瓦礫《がれき》の破片を粉々に粉砕する。

「我が血よ、咲き狂え――〈血華繚乱《りょうらん》〉！」

　弧を描くように駆けつつ、〈聖剣〉による血の刃を展開。イリスに肉薄する。

「あはぁっ！」

降りそそぐ血の刃《やいば》は、しかし、意外にも身軽な動きで躱《かわ》された。

同時、即座に撃ち込まれる蜘蛛《くも》の脚を、〈誓約の魔血剣《ブラッディ・ソード》〉の刃で弾《はじ》いて逸《そ》らす。

〈真祖のドレス〉による肉体の魔力ブーストがなければ、反応できなかっただろう。

ビルの壁を蹴り上げ、一気に駆け上がる。

脚部に収斂《しゅうれん》した魔力を解放。爆発的な速度で、イリスを追撃する。

「はああああああああああっ！」

両手に魔力を集め、渾身《こんしん》の一撃を叩《たた》き込んだ。

蜘蛛の脚が切断され、宙を舞う。

――が、女――イリスは余裕の表情だ。

「……っ、〈ヴォイド〉を呼び出したのは、あなたなの!?」

鋭い剣撃を繰り出しつつ、リーセリアは訊《たず》ねる。

「いいえ、わたしはただ、〈門〉を開く手助けをしただけよぉ。虚無の怪物共は、〈聖剣〉の力に惹《ひ》かれて発生した尖兵《せんぺい》にすぎない」

「……っ、どういう、こと？」

撥ね上げた刃が、迫り来る蜘蛛の腕を斬り飛ばした。

「あの裂け目を見てご覧なさい。世界が上書きされるの。〈聖剣〉の力に守られたこの世界と、偉大なる〈女神〉のおわす、虚無の世界がねぇ――」

「……っ!?」

〈聖剣〉の刃で鉤爪《かぎづめ》を弾きつつ、リーセリアは一瞬、視線を上に向けた。

虚空《こくう》の裂け目は大きく広がり、巨大な〈ヴォイド〉の腕が這《は》い出てくる。

(超大型の個体……統率体《ヴォイド・ロード》!?)

リーセリアの真紅の眼《め》に、絶望の色が浮かんだ。

あんなものが落ちてきたら、〈帝都〉は壊滅する――

「あらあら、よそ見はよくないわよぉ――」

――と、眼前のイリスが口を開け、大量に糸を吐き出した。

輝く魔力の糸は、体勢を崩したリーセリアの四肢を瞬時に拘束する。

「……くっ……!」

リーセリアは魔力を放出して引き千切ろうとするが――

(……どう……して!?　魔力、が……!)

糸は更に全身に絡み付き、彼女の細い首をギリギリと締め上げる。

「うふふ、ねえ小娘、正直に答えるのよぉ。それは誰に与えられたのかしら?」

イリスは、蜘蛛の鉤爪をリーセリアの頬《ほお》にあて、嬲《なぶ》るように言う。

「……っ、教え……ない、あなたなんかに……!」

「あら、そう……ふふ、悪い娘ね。それじゃあ――」

イリスの赤い眼《め》が禍々《まがまが》しく輝く。

「わたしの巣で、泣き叫ぶまで可愛《かわい》がってあげるわぁ」

◆

「セリアお嬢様……」

シャトレスを背負ったレギーナは、背後を振り返り、ぽつりと呟《つぶや》いた。

距離は離れたが、断続的な爆発音と大気の震えは、ビリビリと鼓膜を震わせる。

「……もういい、ここで……下ろ、せ――」

レギーナは、崩れたビルの影に彼女の身体《からだ》をそっと横たえた。

「いま、応急救護キットを取ってきます」

すぐに立ち上がると、端末の地図情報を頼りに、応急救護キットのスタンドを探す。

スタンドはすぐ近くにあった。未完成の〈第〇八戦術都市《エイス・アサルト・ガーデン》〉に、スタンドが配備されているかどうかは心配だったが、杞憂《きゆう》だったようだ。

急いで戻ると、シャトレスは血だまりの中でぐったりしていた。

「殿下、今処置をします。痛かったら、言ってください」

「私は、オルティリーゼの騎士だ。この程度の……痛み……くっ――」

「ほら、無理しないでください」

レギーナはシャトレスの手首に手早く包帯を巻いていく。

応急救護は、〈聖剣学院〉の初等生が最初に受ける講習だ。〈治癒〉の〈聖剣〉の所持者は稀少であり、前線では適切な応急手当が〈聖剣士〉の生死を分ける。

〈管理局〉には、すでに緊急救護要請の信号を出しているが、〈大狂騒《スタンピード》〉の発生しているこの状況では、あてにすることはできないだろう。

「――不覚……〈人類教会〉に、反帝国組織が潜り込んでいたとは。それとも、〈破滅教団〉の信徒か？　あれは、一体……なんだ？」

「姫殿下、力を抜いてください。傷が開きます」

レギーナはシャトレスの肩を抱き、落ち着かせるように言った。

「……っ、情けないな。なにが王族、なにが最強の騎士だ。民を守る為に〈聖剣〉の力を授かっておきながら、このようなときに、私はっ――」

「姫殿下、失礼を――」

そんなシャトレスの背中を、レギーナは優しく抱きしめた。

シャトレスが翡翠《ひすい》色の眼を見開く。

「――シャトレス様。あなたは〈聖剣士〉みんなの憧れで、いずれは民を導く立場にある御方《おかた》です。どうか、自暴自棄にならないでください。帝国の民は皆、あなたが無事に戻ることを待っています」

「……わかったような口を、利くではないか」

「差し出がましいことを申し上げました。姫殿下が心配だったもので」

レギーナはそっと腕を離すと、

（……姉の心配をしない妹なんて、いませんよ）

少し寂しそうな微笑を浮かべて、胸中で呟《つぶや》く。

――と、その時。

ピシリ――ピシッ、ピシピシピシッ――

ガラスの擦《こす》れるような音がして、周囲の空間に亀裂が走った。

「……っ、〈ヴォイド〉!?」

レギーナはハッとして立ち上がった。

〈竜撃爪銃《ドラグ・ストライカー》〉を素早く構え、シャトレスを守るように立ちはだかる。

「レギーナ・メルセデス、私はいい。お前は……逃げろ……」

ドオンッ――！

レギーナは〈竜撃爪銃〉を〈ヴォイド〉にぶっ放した。

「お断りします。姫殿下、あなたはわたしが絶対守りますから」

ピシッ、ピシピシピシピシピシピシッ――

増え続ける亀裂から、羽虫のような〈ヴォイド〉が大量に這《は》い出してくる。

（この数は、さすがに、ちょっと厳しいかもですけど……）

首筋に冷たい汗が流れる。

正直、レギーナ一人でどうにかなるような数ではない。

耳障《みみざわ》りな羽音をたてて、〈ヴォイド〉が一斉に群がってくる。

「……っ!?」

――その刹那。雷光が閃《ひらめ》いた。

眼前に迫る〈ヴォイド〉の群れが、バラバラになって地面に落ちた。

レギーナの視界に、ふわり、と見慣れた白装束がたなびく。

「先輩、助太刀《すけだち》は必要かい？」

「――咲耶《さくや》！」

◆

〈常闇の女王《ダーク・ロード》〉――ラクシャーサ・ナイトメア。

冥府を統べる魔神にして、〈影の王国《レルム・オヴ・シャドウ》〉に封印されし、〈不死者の魔王〉の第三の眷属《けんぞく》。

その力は、完全な状態であれば〈魔王〉にも匹敵するが、彼女は隙あらばレオニスに反旗を翻《ひるがえ》すことを考えているため、多重に封印をかけてある。

眷属でありながら、制御不能の諸刃《もろは》の剣。

決戦兵器である彼女を投入するのは、最終手段だ。

ホワイトブリムを外したシャーリを、羽虫型の〈ヴォイド〉が包囲する。

だが、シャーリは瞑目《めいもく》したまま、祈るように解放の言葉を紡ぐ。

「第Ⅰ封印術式解除――〈影の王国〉の鍵は開かれた」

颶風《ぐふう》が渦巻き、メイド服のスカートがめくれあがる。

「第Ⅱ封印術式解除――生ける死はここに解き放たれん」

足元の影が、ぞわりと広がり、ビルの屋上を覆い尽くした。

「第Ⅲ封印術式解除。常闇《とこやみ》を統べる者、汝《なんじ》の憤怒《ふんぬ》、汝の悲嘆を、我が虚《うつ》ろの器に」

広がった影が、シャーリの全身を一気に呑《の》み込《こ》んで――

――そして、第三の眷属が顕現する。

影の王国の暗殺者、シャーリ・シャドウアサシンであった人格は、姿を消し――

封印された〈常闇の女王《ダーク・ロード》〉の魂が解放される。

彼女は、無明の夜を思わせる、禍々《まがまが》しい闇のドレスに身を包んでいた。

敵に慈悲深き死を与える〈斬魂の処刑剣《エクスキューショナーズ・ソード》〉の刃《やいば》が、冷たく輝く。

〈影の王国《レルム・オヴ・シャドウ》〉の番人であるシャーリは、その身に〈常闇の女王《ダーク・ロード》〉を降ろす権限を、レオニスより与えられている。

それは、危険極まりない死の魔神を制御するための、最後の枷《かせ》だ。

シャーリの肉体を器とすることによって、魔神の魂を縛り付けている。

闇の瘴気《しょうき》が噴き上がり、あたりを覆った。

それは、ふわりと宙に浮かび上がると、静かに眼《め》を開いた。

黄昏《たそがれ》色の瞳は、禍々《まがまが》しい闇の色を帯びて、眼下の魑魅魍魎《ちみもうりょう》を冷徹に睥睨《へいげい》する。

「――不愉快な蟲《むし》」

開口一番、そう呟《つぶや》くと――

「視界から速やかに消えなさい」

――〈斬魂の処刑剣《エクスキューショナーズ・ソード》〉を、片手で軽く振るう。

その瞬間。〈ヴォイド〉の群れは、音もなく消滅した。

「あの忌々しい〈不死者の魔王〉はいないようね。私に恐れをなして逃げた？」

と、シャーリの顔をした魔神は、つまらなそうに呟いた。

それから、周囲をゆっくりと見回して――

空の裂け目から這《は》い出してくる、超巨大〈ヴォイド〉に目を止《と》めた。

「――あれは、少しは楽しめそうね」

◆

「――あ……くっ……――」

蜘蛛《くも》の糸が、リーセリアの四肢と首を締め上げる。

〈不死者《アンデッド》〉であるリーセリアは、呼吸を必要としない。苦悶《くもん》の声を上げているのは、この糸に全身の魔力を奪われているからだ。

「……こんな……の……！」

血の刃《やいば》を操り、糸を断ち切ろうとするが、魔力を帯びた糸はまったく切れない。

「無駄よぉ。わたしは〈吸血蜘蛛の女王《スパイダー・クイーン》〉――最上級の〈不死者〉。お前如《ごと》き、下級の〈不死者〉の力では、逃げ出すことなんてできないわぁ」

イリス・ヴォイド・プリエステスの上げる哄笑《こうしょう》が、遠くに響く。

際限なく魔力を奪われて、意識が遠のいていく――

「……っ、あ、あああああああっ！」

リーセリアは、最後の魔力を振り絞り、血の刃を飛ばした。

――だが、刃はイリスに届く前に形を失い血だまりに戻ってしまう。

「――ふふふ、もう魔力が底を突いたみたいねぇ」

魔力を失い、〈真祖のドレス〉が、光の粒子となって消えてゆく――

（……レオ……君――）

消えゆく意識の中で、リーセリアの脳裏に浮かぶのは、レオニスの顔だった。

この少女の姿をした怪物は、〈ヴォイド〉を呼び寄せた、人類の敵だ。

そして、おそらくは、あのネファケスとかいう司祭と同じ、レオニスの敵だ。

ここでリーセリアが捕らえられてしまえば、記憶を読まれ、レオニスのことを全部知られてしまうに違いない。

（わたしのせいで、レオ君が……！）

――と。

混濁する意識の中で、彼女は不意に思い出した。

それは、〈聖剣剣舞祭〉の前に教えられた、魔力コントロールの訓練だ。

〈真祖のドレス〉を維持したまま、魔力を放出するのではなく、循環させる。

――あの時は、なんの意味があるのか、わからなかったけれど――

（魔力を放出しなければ、奪われる魔力を、抑えることができる……？）

……時間稼ぎにしかならないかもしれない。けれど――

心臓に意識を集中し、放出していた魔力を、自身の肉体にとどめた。

と、その微妙な変化を感じ取ったのか、イリスが首を傾《かし》げる。

「あら、もう魔力切れかしらぁ？　案外、たいしたことないのねぇ――」

（……魔力を、わたしの身体《からだ》に閉じ込めて、炉のように熱く――！）

――と、真紅のドレスに、変化が起きた。

血のように赤いドレスの色が、輝く純白に変わりはじめる。

「――なに!?」

と、イリスが驚愕《きょうがく》に眼《め》を見開いた。

リーセリア自身も、驚いていた。ドレスの変化にだけではない、循環する魔力が、どんどん膨れ上がってゆく――

（……わたしの中で、魔力が増幅してる!?）

こんな魔力が、一体、どこに残されていたのだろう――？

（これなら――！）

リーセリアは息を吸い込むと、

「はああああああああっ！」

循環する魔力を、今度は一気に解き放った。

眩《まばゆ》い光が溢《あふ》れ、四肢と首を拘束する魔力の糸が、まとめてちぎれ跳ぶ。

「……っ、そ、んな……下級の〈不死者《アンデッド》〉如《ごと》きが、わたしの魔力糸を――!?」

ふわり、と純白のドレスが翻《ひるがえ》り、リーセリアは地面に降り立った。

解き放った魔力は、再びリーセリアの中に吸収される。

（これって、レオ君のくれたドレスの力――？）

――直感で、理解する。

この純白のドレスは、〈真祖のドレス〉のもう一つの姿。

魔力を放出して肉体を強化する、真紅のドレスと対になる形態《モード》。

（魔力を自身の中に凝縮して高める、魔術戦闘特化の形態《モード》、なのね――）

身体能力は、通常時の状態に戻ってしまった。

けれど、身体《からだ》の中に充溢《じゅういつ》する魔力は、どんどん膨れ上がっていくのがわかる。

（……あの訓練は、この形態《モード》を使いこなすためのものだったのね）

〈聖剣〉を構え、リーセリアは、狼狽《ろうばい》する〈吸血蜘蛛の女王《スパイダー・クイーン》〉を睨《にら》み据《す》えた。

〈ヴォイド〉を呼び寄せた存在、絶対に捕らえなくてはならない。

「〈聖剣学院〉第十八小隊隊長、リーセリア・クリスタリア、〈聖剣士〉の権限で、あなたを拘束します！」

「ふふふ、下級の〈不死者《アンデッド》〉の小娘が、このわたしに舐《な》めた口を訊《き》いたものねぇ」

〈吸血蜘蛛の女王《スパイダー・クイーン》〉が、呪文を唱える。

「不浄の地より来たれ、彷徨《さまよ》う亡者ども――〈不死者の兵団作成《クリエイト・アンデッド・アーミー》〉」

数十の魔術方陣が一斉に地面に展開され、骨の兵士が召喚された。

（……レオ君と同じ、骸骨兵の召喚!?）

生み出された骨の軍団はカタカタと嗤《わら》い、武器を手に突進してくる。

「――っ、来たれ、〈影狼《シャドウ・ウルフ》〉よ！」

〈誓約の魔血剣《ブラッディ・ソード》〉を頭上に振りかざし、リーセリアも魔術を発動した。

足元の影がぐにゃりと形を変え、八頭の影狼が出現する。

（……すごい、前は二頭が限界だったのに!?）

影の狼《おおかみ》は音もなく駆け出すと、〈不死者〉の軍団に躍りかかる。

「偉大なる不死者の王よ、我が手に闇の焔《ほのお》を――」

リーセリアは呪文を唱え、片手で印を結んだ。

指先には、雷火を放つ、漆黒の魔力球が生まれる。

法術師ネフィスガルに教わった、第二階梯《かいてい》魔術――〈呪魔閃光《ディ・ファルガ》〉。

リーセリアの使える中で、最も威力の高い破壊の魔術だ。

「あらあら、そんな下級の呪文で、この〈闇の巫女《みこ》〉に魔術戦を挑もうというの？」

〈吸血蜘蛛の女王《スパイダー・クイーン》〉が嘲笑する。蜘蛛《くも》の脚を頭上に振り上げ、呪文を唱える。

「偉大なる不死者の王よ、我が敵に死を、永遠の滅びを与えよ――」

イリスの頭上に、ひときわ巨大な魔力球が生まれた。

第六階梯魔術――〈闇魔爆雷《ヴラズ・ファルガ》〉。

〈呪魔閃光《ディ・ファルガ》〉の上位呪文にして、最高峰の攻撃魔術。

「あの御方《おかた》の生み出した呪文で、吹き飛ばしてあげましょうねえええええええ！」

上位呪文とまともにぶつかれば、リーセリアに勝ち目はない。

――が、リーセリアはイリスを睨《にら》みすえたまま、呪文を唱え続ける。

「〈呪魔閃光《ディ・ファルガ》〉、〈呪魔閃光《ディ・ファルガ》〉、〈呪魔閃光《ディ・ファルガ》〉、〈呪魔閃光《ディ・ファルガ》〉……――」

リーセリアの指先に、数十個の魔力球が生み出された。

「……な!?」

「〈呪魔閃光《ディ・ファルガ》〉、〈呪魔閃光《ディ・ファルガ》〉、〈呪魔閃光《ディ・ファルガ》〉、〈呪魔閃光《ディ・ファルガ》〉、〈呪魔閃光《ディ・ファルガ》〉、〈呪魔閃光《ディ・ファルガ》〉、〈呪魔閃光《ディ・ファルガ》〉、〈呪魔閃光《ディ・ファルガ》〉、〈呪魔閃光《ディ・ファルガ》〉、〈呪魔閃光《ディ・ファルガ》〉……――」

呪文を唱えるたび、純白の〈真祖のドレス〉が、眩《まばゆ》く輝く。

リーセリアはまだ、第三階梯《かいてい》以上の魔術を使うことができない。しかし、膨大な魔力を使った、第二階梯魔術の波状飽和攻撃ならば――

「下級〈不死者《アンデッド》〉のっ、小娘があああああああっ！」

リーセリアが〈呪魔閃光《ディ・ファルガ》〉の雨を放つと同時。

〈闇魔爆雷《ヴラズ・ファルガ》〉の呪文が完成。巨大な魔力球を解き放たれる。

ズオオオオオオオオオオンッ！

〈闇魔爆雷《ヴラズ・ファルガ》〉は、無数の魔力球に威力を減衰され、広場の中心で爆発した。

巻き込まれた骸骨兵と影狼《シャドウ・ウルフ》が、一瞬で消し飛んだ。

「――っ、まだまだっ！」

リーセリアはふたたび呪文を唱えはじめた。

魔力が身体《からだ》を循環するたびに凝縮され、魔術の威力を何倍にも増幅する。

ただし、この〈真祖のドレス〉の魔術戦闘モードには欠点がある。

魔力を循環させるたび、すさまじい肉体への負荷がかかるのだ。

肉体を強化する真紅のドレスとは正反対のベクトルで、やはり長期戦には向かない。

（……どうりで、基礎体力訓練ばかりさせられたわけね）

全身を苛《さいな》む痛みに耐えつつ、リーセリアは魔力を際限なく高めていく。

「いいわぁ、教えてさしあげましょう。最上級の〈不死者《アンデッド》〉の力を――」

イリス・ヴォイド・プリエステスが、自身の蜘蛛《くも》の脚を引き千切り、宙に放り投げた。

「我が肉体を贄《にえ》とし、禁断の力を我に与えよ――」

――と、その脚が一瞬で燃え上がり、灼熱《しゃくねつ》の火球に姿を変える。

「炎系統、第八階梯《かいてい》魔術――〈極大消滅火球《アルグ・ベルゼルガ》〉」

瞬間。先ほどの〈闇魔爆雷《ヴラズ・ファルガ》〉と比べてさえ、圧倒的な力が膨れ上がった。

（……っ、これは――防げない!?）

咄嗟《とっさ》に、唱えていた〈呪魔閃光《ディィ・ファルガ》〉を連打する。が――

「あははは っ、そんなもの、無駄よおおおおおおおおっ！」

紅蓮《ぐれん》の焔《ほのお》が、〈呪魔閃光《ディィ・ファルガ》〉を吞《の》み込《こ》み、リーセリアに迫る。

「……っ⁉」

「爆《は》ぜよ――〈爆裂咒弾《ファルガ》〉！」

ズオオオオオオオオオオオオオオオンッ！

「え……？」

爆発の衝撃はなかった。

かわりに、ふわりと重力が消えたような浮遊感があった。

……眼《め》を開ける。

――と。リーセリアの身体は抱きかかえられ、空に浮かんでいた。

目の前に、彼の顔があった。

ずっと……ずっと待っていた、少年の顔が――

「――お待たせしました、セリアさん」

あとがき

志瑞《しみず》です。お待たせしました、『聖剣学院の魔剣使い』8巻をお届けします！

〈異界の魔神〉によって異世界に飛ばされたレオニスたち、〈帝都〉で始まる〈聖剣剣舞祭〉と、その裏で蠢《うごめ》く〈使徒《アポストル》〉の〈虚無転界《ヴオイド・シフト》〉計画。はたして、レオニスはリーセリアの元に戻ることができるのか——。今回はレオニスとリーセリア達《たち》がずっと離ればなれだったので、次巻では甘々お姉さんモードがたくさん見られそうですね。

そしてそして、滅茶苦茶嬉《うれ》しい重大発表が。読者の皆様の応援のおかげで、なんと『聖剣学院』のＴＶアニメ化企画が進行中です！（やったああああああ！）

監督さん、脚本家さんをはじめ、素晴らしいスタッフさん達に製作して頂いておりますので、どうか楽しみにお待ちください！

謝辞です。遠坂《とおさか》あさぎ先生、今回も素晴らしい挿絵をありがとうございました。表紙のリーセリアが美しすぎて、ため息が零《こぼ》れてしまいました。蛍幻飛鳥《けいげんあすか》先生、コミック4巻発売おめでとうございます。滅茶苦茶ハイクオリティなコミカライズ作品で、毎号楽しみに読ませて頂いております。そして、最大の感謝は読者の皆様へ——

——それでは、また9巻でお会いしましょう！（アニメもよろしく！）

二〇二一年九月　志瑞祐《ゆう》

MF文庫J

聖剣学院の魔剣使い8

2021年10月25日　初版発行

著者　志瑞祐
発行者　青柳昌行
発行　株式会社KADOKAWA
〒102-8177 東京都千代田区富士見2-13-3
0570-002-301（ナビダイヤル）

印刷　株式会社広済堂ネクスト
製本　株式会社広済堂ネクスト

Printed in Japan　ISBN 978-4-04-680844-8 C0193

【ファンレター、作品のご感想をお待ちしています】
〒102-0071 東京都千代田区富士見2-13-12
株式会社KADOKAWA　MF文庫J編集部気付「志瑞祐先生」係「遠坂あさぎ先生」係